위대한 평범

위대한 평범

박용하 지음

달아실

하루하루가 일생이다.
일생은 또 하나의 먼 하루.

하루를 살면 하루가 줄어든다.

시를 쓰기 시작한 지 42년 만에
첫 산문집을 낸다.

시는 나의 일.
삶은 나의 시.

매 순간, 이 순간, 모든 순간

시가 반짝인다.

삶이 반짝이듯.

2024년 2월
박용하

차례

004   서문

009   **1부. 눈물을 끌어안고 돌아선 그 나라엔**
010   설국
012   바다는 지상의 모든 물을 다 받아준다
017   영동嶺東
022   흰 정적
025   부재不在와 무無의 엄습
026   나의 바다
028   빛이 물드는 시간
032   무한의 반지름
038   도의 힘과 리듬으로

039   **2부. 시선과 호흡**

065   **3부. 사랑의 속세**

066   나와 다른 나라에서

069   감정의 풍경

073   최전선

076   인간적이라는 말

078   개와 살다

084   술과 비밀

087   말과 칼

091   잡문의 대가

094   위대한 평범

095   하루의 깊이

104   한 줄의 시

109   **4부. 서정과 격정**

눈물을 끌어안고 돌아선
그 나라엔

설국

어스름이 내리는 저녁이면, 눈까지 자욱하게 내리는 저녁이면 어머니는 여기에 있지 않고 저기에 가까이 있다. 있었다. 저기에 있는 어머니가 손닿을 듯, 눈 댈 듯 가까워 보이지만 옆구리만큼 가까워지지는 않았다. 눈 내리는 밤 창가에 서서 세상을 들여다보는 자는 자신의 쓸쓸함과 회한을 들여다보는 자다. 눈 내리는 밤 자신의 어둠을 들여다보는 자에게 한 번 틀어진 인간관계는 아무리 잘 봉합해도 그 상처 자국이 일생에 걸쳐 남아 있다. 일생 동안 자란다.

태어나서 많은 눈을 경험했지만 이번 눈은 역대급이다. 차 한 대 다닐 수 없는, 다니지 않는 밤이 영嶺의 동쪽 도시에 도래했다. 설국은 눈이 지배하고 군림하는 나라. 1미터가 넘는 대설이 그 도시의 도로망을 삼켜버린 밤, 차를 포기한 사람들이 도심의 대로 위를 걸어갔다. '이런 일도 다 있나'라며 신이라도 난 듯 P는 도심 대로를 활보했다. 눈 많은 고장임에도 일생에 한 번 맞닥뜨릴까

말까한 광경이 눈앞에 펼쳐진 것이다. 벌써 나무들 여럿 적설을 견디지 못해 나뭇가지를 잃었고, 척추가 무너진 나무들도 종종 마주하는 밤이어서, 사람의 눈과 폐는 그 광경을 들이마시기라도 하듯 장엄했다. 그 나라는 자정에도 별이 총총했지만 아침에 눈을 뜨면 종종 30센티미터가 넘는 눈과 마주해야 하는 나라였다. 눈 내리는 밤은 고요 쌓이는 밤이었고, 흰 적막이 밤의 어둔 심층과 어우러져 겨울의 깊이를 더했다. 설설 기고 펄펄 끓는 눈이라도 안 퍼부었으면 그 나라의 겨울이 얼마나 싱거웠을까. 인간의 욕망이 자진 사퇴하는 일이 불가하듯 생애 최고의 적설량에도 저 흰 겨울의 심연에서 연두와 초록이 광란을 준비한다.

  햇빛 가시 울창한 눈송이와 함께
  그대 얼어붙은 흰 울음을 거둬 이 겨울을 난다.

바다는 지상의 모든 물을 다 받아준다

1

바다는 끼니만큼 가까이 있었다. 눈을 뜨면 언제든 시야 가득 들어오는 바다를 볼 수 있었고, 눈을 감아도 마음을 다 차지해버린 그 사람처럼 바다는 쉽사리 떨어져 나가지 않았다. 의식하든 의식하지 못하든 그렇게 친밀하게 내밀하게 이 거대한 물은 한 사람의 일생을 생애 내내 지배하며 영향력을 행사할 것이다. 바다는 그에게 숙명이자 운명이며 그는 어김없이 바다의 후예인 것이다. 시도 때도 없이 생각나는 사람을 줄곧 생각하는 사람처럼 오랜 세월 무작정 바다에 다가갔으며 바다를 떠나 내륙 깊숙이 살러 갔을 때에도 바다를 적극 염원하고 상기했다. 바다는 마당의 개만큼 가까이에 있었고, 잠자리에 누우면 그 바다는 자주 파도 소리를 베갯머리까지 데려다 놓곤 했다. 십 분만 걸어가면 방파제나 백사장에 닿을 수 있었고, 지치지 않는 파도의 리듬과 지칠 줄 모르는 에너지의 현실인 파도를 만날 수 있었다. 그는 자주 바다로 향했으며 사심과 욕심 없이 그곳을 배회했다. 그 시절엔 그게 그의 일상이었고 생활이었으며 일 중의 일이었다. 누가 뭐래도 바다는 그의 동무, 그는 바다의 지지자, 바다는 생성과 상상력의 베이스캠프, 서정과 격정의 야전 사령부였다. 그는 타지에서 생활하던 그의 어머니를 그리워했어도 그의 아버지를 그리워하지는 않았다. 그는 혈육보다 바다와 사귀는 데 더 열심이었으며, 바다와 사랑에 빠졌으며, 바다는 봐도 봐도 물리거나 질리지 않는 드라마였고 싫증나지 않는 무한이었다.

  슬픔은 끼니만큼 가까이 있었다. 어느 날 고기잡이 나갔던 배가 난파했을 때, 그가 다니던 초등학교 교실에는 학년을 달리해 여러 학생의 자리가 비어 있었다. 생일은 달랐어도 기일이 한날인 날이 벌어진 것이다. 어느 날의 바다는 두께를 알 수 없는 구름을 덮어쓰고 한없이 묵중하게 다가왔고, 어느 날의 겨울바다는 더 이상 파랄 수 없을 만치 시퍼렇게 파래서 이 세상에 저것보다 더 파랄 수 있는 공간과 시간은 없다며 그의 눈이 감동했고, 그 눈의 감동을 받아서 그의 심장이 감격했다. 잘 손질되어 있는 물결과 평등의 대ㅅ해원, 해일을 장착하고 있는 잔잔한 수면과 무한을 선사하는 수평선, 파도에 밀리는 파도와 파도를 밀고 가는 파도가 시작과 끝을 반복하는 역동과 격동의 그 바다에서 그는 지친 삶을 늘 다시 시작하고 싶어 했으며 최초의 인간으로 다시 태어나고자 했다. 지상의 온갖 물은 가지 말라고 해도 바다로 갔으며 오지 말라고 해도 하염없이 파도가 되어 해변을 향해 나아갔다. 비바람이 세찼던 여름 폭풍우의 밤이 지나고 서광이 하늘바다를 열고 아침의 거센 파도 위를 비추기라도 할 때면, 창세기란 말이 저절로 튀어나왔다. 왜 이 세상의 바닷가는 거의 언제나 창세기를 떠올리게 만드는 걸까. 여기 이곳이 우리 생의 처음이고 시작이라고 통각하게 되는 걸까. 그리고 왜 우리는 여전히 해 뜨는 새해의 바닷가를 찾아가는 것에 그리도 열광하는 걸까. 우리는, 우리의 의식은 우리가 태양계에 살고 있다고 인식할지라도 우리는, 우리의 감각은, 우리의 육체는 속수무책으로 여전히 해가 뜨고 해가 지는 지구계에 속해 움직인다. 사람들은 여전히 해가 뜨고 진다고 말하지 지구가 한 바퀴 돌았다고 말하지는 않는다.

2

그의 삶과 문학의 시초에는 동해가 있었고, 현재와 미래에도 있고 있을 것이다. 그는 대체로 사람보다 자연과 더 자주 내통했으며 친밀도도 높았다. 바다는 그때나 지금이나 아무 말이 없었지만 자주 말을 걸어왔다고 그는 느꼈고, 그 역시 바다에게 적극적으로 말을 걸었다고 생각했다. 그가 바다를 떠나 있을 때조차 바다가 그의 생활 속으로 면면히 흐르고 있다고 그의 내면은 말하는 듯했다. 바다는 그에게 이 삶을 지금까지와는 다른 방식으로, 다른 언어로 늘 새롭게 태어나야 한다고 일깨웠다. 나만의 바다가 어디 있고, 나만의 하늘이 어디 있을까마는 그는 그가 나고 자란 바다를 '나의 바다'라 칭했으며 바다는 어딜 가나 한바다이거늘 '여기는 삶이 많은 곳'처럼 '여기는 바다가 많은 곳'이라 노래 불렀다. 바다 위에는 언제나 바다보다 넓은, 바다보다 깊은 하늘바다가 바다를 온통 덮고 있었다. 그가 무한이라는 말의 육체성을 어렴풋이나마 느낄 수 있었던 건 바닷가에서 수평선을 바라볼 때였으며, 수평선 위의 하늘을 올려다볼 때 더 그러했고 밤바다의 별을 올려다볼 때는 더 더 그러했다. 그의 피는 바다와 내통했고, 그의 피부는 해풍과 친했으며, 그의 발걸음은 파도의 역동성과 리듬에 참여하기를 주저하지 않았으며, 그의 눈은 거대한 물의 평등을 받아들여 평정심을 되찾곤 했다. 어떤 원초적인 공간은 일생을 따라다닌다. 시간 없는 공간이 인간에게 가능할까. 인간에게 공간은 살았던, 살고 있는, 앞으로 살아야 할 그리고 죽어야 할 시간이기도 해서 언제나 공간은 시간과 한 배이다.

그는 그 바다에서 무한을 배웠다.
그리고 무한에 뒤지지 않는 절대 유한한 삶을.

영동嶺東

　밤눈이었다. 눈은 공중을 도굴하듯 왔다. 영의 동쪽 바닷가에 자리한 도심 한복판 영화관 지붕을 무너뜨린 폭설이었다. 적설량 138센티미터. 그의 인생에서 그날까지 그 이후의 오늘까지 그처럼 많은 눈을 눈으로 직관한 적은 없었다. 그것은 그의 생애의 눈이었다. 밤새 공중을 파헤치듯 눈은 쏟아져 영의 동쪽 도시를 하얗고도 장엄하게 덮었다. 그는 그 나라의 동쪽 옆구리 바닷가에서 태어났고 활보하는 눈발 속에서 흰 정적처럼 자랐다. 그곳의 눈은 자주 흩뿌리는 눈이 아니라 한 번 내리면 많이 내려 그곳의 세상을 덮었고 하얗게 침묵했다. 그 침묵을 뚫고 서광이 비치면 동해의 파도는 눈 덮인 흰 백사장을 향해 더 새하얗게 밀려왔다. 이보다 더 하얄 수 없는 눈 덮인 백두대간 곁에서 동해는 이보다 더 푸를 수 없는 겨울 아침을 햇살 위에 올려놓는 것이었다. 그런 나라에서 현재를 과거와 미래에 저당 잡히거나 담보하는 일은 그의 체질과는 맞지 않았으며 '내일 일은 내일 일이야' 그러면서 오늘 하루를 누비고 다녔다. 설국에서 미래를 염원하거나 미래를 설계하지는 않았다. 그는 오늘을 살았고, 현재를 걸어갔으며, 예나 이제나 지금 이 순간보다 더 중요한 순간이 삶에 있다고 믿는 인간이 아니었다.

그의 생애에서 두 번째로 많은 적설량을 기록했던 해는 고교 입학시험이 있던 해였다. 적설량 90센티미터. 시험 전날부터 쏟아진 눈으로 저녁부터 국도와 지방도가 두절되었다. 차량이 다닐 수 없는 상태가 되었던 그 밤 인근 읍에서 도심으로 연결된 오십 리 눈길을 헤치고 나와 시험을 친 중학생이 있었다. 시험 당일 움직일 예정이었던 그 도시 인근 시골 학생들 일부는 일 년을 기다려야 했다. 눈은 인간의 이해와 분별 너머에서 내렸고, 내리고 있고, 내릴 것이다. 눈의 미학은 그런 것이다. 양적으로도 질적으로도 압도적인 저 영동의 눈은 마치 사막 속에 묻혀 있다 몇 십 년 만일지라도 비만 내리면 황량한 대지를 온갖 꽃으로 개벽하는 씨앗과도 같이 생애 내내 그의 심층에 박혀 있다 되살아나기라도 하듯 겨울의 천하를 바꾸어놓았다. 그는 그 신생의 기운을 만끽하며 자랐다. 동해 파도와 백두대간의 흰 눈은 빛과 그림자처럼 그의 삶에 들러붙어 있었다.

눈 겹겹이 내려쌓이는 밤, 그 고장의 청동구릿빛 소나무들은 눈의 무게를 입고 백색의 심연을 껴입었다. 그런 밤이면 적설을 견디지 못한 소나무들의 척추 부러지는 소리가 현실이 되었고 그 비현실적인 비명은 잠결과 꿈결 사이로 동해 먼 파도가 밀려와 부서진 파도 소리를 놓아두고 다시 저 어둔 대양의 침묵 속으로 사라지듯이 소년의 잠결과 꿈결 사이로 아련하게 찌르고 들어왔다가 멀어지곤 했다. 폭설 내리는 밤, 나무는 나무고 인간은 인간이다. 나무에 대한 인간의 생각이 나무를 구하지는 않는다. 폭설의 밤은 도처에서 '우지끈' 거렸다. 건물이든 나무든 자신을 지탱하는 근육 터져 나가는 소리만은 그 충격과 크기가 남다르지 않았다. 밤은, 눈 내리 퍼붓는 영동의 밤은 그런 것이다.

영동 산간의 겨우내 내린 눈은 쌓인 눈이 되고, 쌓인 눈은 흐르는 물이 되어 멀리 서해로 가거나 동해로 흘러드는 계곡과 지천의 물 지느러미가 되었다. 그 지느러미는 수평선 멀리까지 갔다 파도로 되살아나 방파제에 부딪혀 산산조각 나거나 마치 숨넘어가듯 가쁜 호흡을 토하며 백사장으로 착지하곤 했다. 그는 바다와 하천이 만나는 물의 하구에서 살았기에 그것을 안다. 파도가 밀려와 울다 잠드는 그 하구를. 그 하구의 냄새와 사람들을. 울며 울며 동해로 떠나가는 내川의 마지막 물결의 뒤척임을.

　영동에서는 뒤뜰을 '댄'이라고 불렀다. 어릴 적 살던 집 '댄'에는 기품 있는 앵두나무 한 그루가 장독대 옆을 지키고 있었는데 앵두나무치곤 거목이었다. 봄이면 그 풍채에 어울리게 어마어마하게 꽃의 사태가 났다. 햇빛이 천지를 흘러내리던 어느 화사한 봄날 들어간 댄에는 헤일 수 없이 많은 벌들이 앵두꽃과 더불어 질펀하게 한 세상을 이루고 있었다. 어린 맘에도 그 광경은 어린 가슴을 그냥 지나가지 않았다. 그곳엔 빛이 출렁거리고 색이 뛰어놀았다. 그때 그 소년은 무엇을 봤던 걸까.

해마다 겨울이 오면 바다에서 양미리와 도루묵이 왔다. 석쇠 위에서 양미리와 도루묵이 알 터지게 잘도 익었다. 가끔 노르스름하게 구워놓은 가자미는 늘 맛이 귀하고 드높았는데 잎 모조리 진 영동 산간의 자작나무 흰 가지같이 그 뼈만 희디희게 남을 때까지 그 희디흰 살점을 흰 이밥 위에 얹어놓고 말은 천상의 어느 선반에 모셔놓았는지 묵묵히 밥상에 둘러앉아 부지런히 숟가락과 젓가락만 오가던, 엄숙하게 저녁을 먹던 저녁이 있었다. 달랑 수제비 한 냄비이거나 삶은 감자 한 바가지 놓고 멍석에 옹기종기 들러붙어 말 한마디 없이 뜨거운 음식을 후후 불며 부지런히 먹던 사람들의 한때가 있었다.

이제 그런 날은 그의 곁에 없다. 그는 설국을 떠났다.

흰 정적

인간의 성난 분심忿心과 무절제의 탐심貪心과 끝을 모르는 원심怨心에도 아랑곳 않고 눈은 흰 정적과 절대 고요로 천지를, 인간 천하를 단숨에 장악한다. 내리퍼붓고 뒤덮어버리는 흰 정적의 평정력은 인간의 권력욕과 이기심과 허영심 따위 저리 가라다. 가히 천하제일이다. 그런 밤 유리창에 이마를 대고 창밖 어둠 속 세상을 물끄러미 응시하는, 눈雪을 응시하는 눈眼이 있다. 있었다. 이제 유리창 앞에 서 있을지라도 이마를, 머리를 유리창에 기대는 사람은 그의 인생에서 사라지고 없다. 유리창에 이마를 대고 창밖 세상을 보든 안 대고 보든 그게 무슨 상관이랴만 거기에는 단정 짓기 어려운 세월의 대협곡이 자리한다. 유리창에 이마를 대고 어둠이 자리한 창밖을, 그가 살고 있는 마을과 도시를, 마을과 도시를 뒤덮은 달빛과 별빛을 바라본다는 것은 지구의 하늘에 머리를 대고 우주의 별들을 바라보는 일처럼, 마치 낯선 행성에 착륙해 첫발을 내딛기 전 밖을 내다보는 것처럼 없는 일이 되고 말았다. 소변 누러 일어나 불 꺼진 거실에서 창밖 어둠을 응시하는 자는 자

신의 어둠을, 자신이 맞이해야 하는 미래의 어둠을 응시하는 자
다.

눈은 내리고
눈은 쌓이고
대책 없이 눈은 내려 쌓이는데

날아갈 듯이
우주로 스며들 듯이
잠으로 빠져들던

별과 별 사이를 헤엄치듯
어둠과 어둠 사이를 유영하듯

겨울못 속으로 잠수하던

아득하고 아늑한 정적이 있었다

눈은 내리고

눈은 사흘돌이로 내리고

밤눈은 천하 없이 내려 쌓이는데

세상 걱정을 모르는 듯

잠에 곯아떨어지던 그들은 모두 어디로 간 것일까

부재不在와 무無의 엄습

    내가 아무리 그를 고통하고 아파해도 그의 고통과 아픔을 내 몸속으로 데려올 수 없듯이 내가 아무리 그의 죽음을 애달파해도 그의 죽음 속으로 들어갈 수 없다. 그러나 모르리. 모를 일이어라. 그의 죽음을 데리고 와 살거나 그의 죽음 속으로 들어가 사는 나 아닌 사람들의 삶과 일을. 그 있지 않음과 없음의 빛과 그림자를.

나의 바다

산맥의 동쪽에 바다가 군림한다. 나의 바다다. 그것은 누가 뭐래도 나의 바다다. 너의 바다, 그의 바다, 우리 모두의 바다이기 전에 나의 바다다. 언젠가 그곳에 사는 날은 달랐어도 죽은 날은 한 날인 난파의 바다와 여름 땡볕 내리쬐던 백사장에서 햇빛 가리개도 없이 죽은 듯이 모로 쓰러져 자던 아이와 백날이나 멀리 있던 아련한 엄마의 바다가 있었다. 해파리가 불알을 쏘고, 입으로 파도가 연신 들이쳐 폐를 들썩거리던 바다. 조부와 걷던 그 겨울 해변에는 더 이상 새파랗고 시퍼럴 수 없는 비교 불가의 창파滄波가 있었다.

산맥의 동쪽에 파도가 군림한다. 나의 파도다. 그것은 누가 뭐래도 나의 파도다. 너의 파도, 그의 파도, 우리 모두의 파도이기 전에 태아 때부터 듣던 내 개인사와 내통하는 나의 파도다. 산맥의 동쪽에 섬을 모르는 바다가 흐른다. 눈물이 날고 피눈물이 뛰는 바닷가에서 우리는 시간 가는 줄 모르고 공간을 가지고 놀았다.

다가갈 어부 친구도 하나 없고 일가친척 하나 남아 있지 않지만 손끝에서 엎어진 파도가 창자를 구르듯 백사장으로 숨을 토하는 바다. 끼니와 허기의 바다. 성게 따는 해남海男의 바다. 그 나라로부터 그 세월 동안 떠났고 도주했고 망가졌고 찢어졌지만 내가 가면 피가 도는 바다. 언제나 창세기일 것만 같은 바닷가에서 유한을 탐하듯 그대를 원했고, 수식 없는 벌거숭이 문장을 원하듯 더 낮을 곳이 없는 네 눈동자 깊이 나의 사후를 묻어두었다.

산맥의 동쪽에 무한이 군림한다. 군림하되 군림하지 않는 지상의 가장 낮은 곳에서 세상 물이란 물은 다 받아주는 바다는 가장 낮게 흐르는 정치의 진수, 겸양의 최대치를 보여준다. 물은 행성의 가장 낮은 자리에서 자신의 가장 큰 눈, 푸른 눈을 간직한다. 그곳에서 파도는 지치는 법이 없다. 이 삶은 언제 지치려는가.

빛이 물드는 시간

11월. 또 헛산 건가. 이맘때쯤이면 올라오는 이 회한과 탄식은 낯익은 것이다. 제대로 한번 살아보지도 못한 채 한 해, 두 해 그러면서 수십 년을 후딱 날려버렸다고 생각하니 그러하고 앞으로도 이 인생 별반 다를 것도 없으리라 생각해서 또 그럴 것이다. 하지만 그 감각의 강도는 지난해 다르고 올해 다르며 내년엔 또 다를 것이다. 많은 사람이 이곳을 떠났고 많은 사람이 이곳에 아직 남아 있다.

가을이 깊다. 하늘은 맑다. 맑은 것은 깊고 높다. 가을산과 강과 들녘엔 여름날과 달리 빛이 튀거나 이글거리며 번쩍거리지 않고 잔잔히 감돈다. 지상을 데워버릴 듯 내리퍼붓던 여름날의 기세등등하던 땡볕은 어느새 억세지 않은 가을볕으로 바뀌어 우리 곁을 결 곱게 난다. 빛의 열기가 아닌 빛의 맑기가 사위를 물들이는 느낌이다. 일만 년 전 사냥하다 문득 멈춰 서서 보던 이 가을의 산하는 그들에게 어떠했을까. 그들도 계절의 감성과 삶의 유한함을 통각했을까. 그로부터 일만 년 후, 인간이 이 행성의 운명을 좌지우지할 지경으로 흥행에 성공할 줄 꿈이라도 꿨을까. 인간은 창조와 파괴가 한몸인 첨단과 극단의 동물이 되어 있다.

　빛에 물든 나무가 그 고운 잎을 떨굴 때 늘 그렇듯 이 나라의 가을은 짧다. 깊은 산봉우리에서부터 내려오기 시작한 단풍이 잠깐새 마을 근처까지 와 있는 걸 목도한다. 이 계절 곱게 물든 나뭇잎은 봄날의 화사한 꽃 못지않으니 '눈부시지 않은 가을꽃'이라 불러도 되겠다. 노랗게 물든 은행잎이 가을바람에 후두둑 후두둑 무너져 내릴 때 그것은 영락없는 황금 눈보라며 황금 사원의 순금 언어다. 나는 11월족. 너 은행나무는 11월의 족장.

　가을이 깊어간다. 한 그루 나무에도, 여러 그루 나무에도, 만 그루 나무숲에도 가을이 들어차 잎을 물들이고 더없이 물든 잎은 덧없이 떨어져 내린다. 하나 둘 떨어지다 헤아릴 수 없이 떨어지고 우수수 떨어지다 아예 무너져 내린다. 나무는 좋겠다. 매해 피고 지고 하니 생이 여러 번이겠다. 인간이 초목처럼 잎 피고 지듯할 수는 없지만 인간이니 하루를 삼 년처럼 살 수도 있는 것이고, 삼 년을 하루처럼 살 수도 있는 것이겠다. 인간이니까 백 년 전, 천년 전의 세상을 헤아리고 다시 백 년, 천 년 뒤의 세상을 기약하는 것이겠다.

언제까지나 살 것처럼 굴지만 인간은 누구나 시한부 생명이듯 천하 없는 인간도 한 잎 지듯 맥없이 이곳을 떠나가고 말 것이다. 우리는 먼지가 일듯이 이곳에 왔고 먼지가 가라앉듯이 이곳에서 사라질 것이다.

말을 삼가고 침묵을 껴입는 11월. 나는 내 삶의 주인이 돼 살았던가 묻게 되는 11월. 불필요한 허영과 수식과 가식과 동어반복을 털어내고 본체로 살아보라고 말하는 11월. 우리가 늘 그리 생각하고 있지 않아서 그렇지 우리는 매일 태어나듯이 잠에서 깨 하루를 시작하고 하루 일을 마치면 죽으러 가듯이 잠자리에 들지 않던가. 매일이 생사며 매 순간이 생과 사다. 매일 삶을 마감하듯이 살고 싶다. 하루를 일생처럼. 그리하여 일생이 수천, 수만이도록 삶을 살아내고 싶다.

무한의 반지름
― S시인에게

영嶺의 동쪽에서 태어나 살던 사람이 스무 살 이후 영의 서쪽으로 넘어와 삼십 년 넘게 살면서 날이 가고 해가 갈수록 영의 동쪽을 그리워한다. 이 '그리움'의 첫 번째 이명異名은 '숙명'이고 두 번째 이명은 '운명'이 되겠다. 영의 서쪽으로 넘어와 살면 살수록 영의 동쪽을 향한 이 숙명과 운명의 힘 또한 위력과 그 세를 잃지 않고 있으며 어떤 땐 돌발적으로 그리로 발길을 옮기게도 한다. 이 그리움은, '(그댈) 보고 싶습니다'가 아닌 '(그대) 당장 봅시다'에 가까우며, 대단히 원초적이며 다분히 공격적이기까지 하다. 단도직입적으로 말해 이 그리움은 기세등등한 살아 움직이는 생물이다. 대체 영의 동쪽이 뭐기에? 영의 동쪽은 바다. 바다 이름은 동해. 영의 동쪽에서 태어나 어린 시절을 보내고 영의 서쪽에서 공부하다 다시 영의 동쪽으로 돌아가 사는 그 사람은 영의 서쪽을, 내가 영의 서쪽에서 영의 동쪽을 그리워하는 것만큼 그리워할까.

지지리도 외롭던, 도대체 삶을 어떻게 살아야 할지, 내게 삶을 끝까지 살아낼 저력이라도 있는지 회의스럽기만 하던, 어떻게 하루하루를 살아내야 할지 몰라 쩔쩔매며 헤매고 배회하던 내 스무 살 시절 먼발치에서 처음 본 그는 작은 체구의 사내였는데, 그 때껏 내가 겪어보지 못한 사람이 내는 빛과 기운에 묘한 호기심과 더불어 가까이 다가가고 싶은 충동을 느꼈었다. 맑고 절제된 기운 아래 도사리고 있던 날카로운 지성의 면모랄까, 그 시절 내가 본 그는 단단하고 야무지고 꼬장꼬장하고 예리한 인상이었지만 그렇다고 상대방을 제압하거나 우위에 서거나 유세를 부리려드는 사람이 아니었던 걸로 기억하며 지금이라고 다르지 않겠다. 나이와 지위와 계급과 명성과 신분과 그 무엇 무엇을 떠나서, 괜찮은 인간들은 자기 자신에게도 그렇지만 남에게도 함부로 하지 않는다는 걸 내 지금껏 경험은 말한다. 강자한테 덤비고 대드는 인간도 대단하지만 약자한테 함부로 하지 않는 강자야말로 얼마나 더 대단한가.

어느 해 모임이었나. 밥을 해서 먹는 저녁 식사가 끝나자마자 담배나 꼬나물고 있는 내 눈앞에 보기 드문 광경이 펼쳐진 것인데,

그 모임의 최고 연장자인 그가 나 같은 개념 없는 후생의 처신에는 아랑곳하지 않고 설거지를 하는 걸 보고 정말이지 '여는 위아래도 없나' 싶었다. 그뿐인가. 하루는 내가 어린 시절을 보낸 사천진 바다 보러 가자고 해 들른 바닷가 커피숍에 들어갔을 때, 내가 창가에 앉아 바다나 우두커니 보고 있을 때, 커피를 손수 빼들고 와 내 앞에 갖다 놓은 건 그였다. 그는 그런 사람이고, 우리는 그런 사이고, 그렇게 논다. 하기사 무게 빽 잡으며 "내가 니 선밴데, 내가 니 선생인데, 내가 니 고향 형님"인데 하는 이런 부류의 인간들을 경멸하는 나니 그렇게 나왔으면 "그래서 뭐?" 하고 당장 발길을 돌렸을지도 모른다. 어디 그뿐인가. 그는 술도 한잔 입에 못 대면서 술 먹는 아랫사람들과 잘 어울려 놀며, 술값은 물론 취객들을 집까지 수시로 배달해주기까지 한다. 그런 그지만 그와 내가 동년배나 친구지간이었으면 우리의 사이는 어떻게 되었을까. 그리 낙관적이지 않다. 어쩌면 격렬한 경쟁 심리와 질투로 인하여 둘 사이에 벌써 금이 갔거나 돌아올 수 없는 인간관계의 선을 넘었을지도 모른다. 게다가 그가 나처럼 술을 마셨으면 필경 우리 둘 중 하나는 크게 상심하거나 망가졌거나 서로를 기피하는 사이가 되었을 수도 있다. 그가 나보다 열 살 위인 게 복이고, 내가 그보다 열 살 아래인 건 축복이다.

　내 눈앞에 늘상 걸려 있던 대관령만큼이나 눈동자 가득 걸려 있던 동해 먼 수평선이 '무한의 반지름', '무한의 절반'이라는 걸, 그런 이름이 있다는 것을 알게 된 건 순전히 그의 어떤 글을 통해서였다. 그날 이후 무슨 주문처럼 나는 '무한의 절반'을 중얼거리게 되었고, 그것은 마치 세계가 새로운 언어에 의해서 세계의 차원이 질적으로 달라지듯이, 언어에 의해 삶이 확장되고 정신의 반경이 넓어지는 느낌이었다. 그가 쓴 『노장적 시각에서 본 보들레르의 시세계』(1995)는 그가 어떤 사람이며, 어떤 세계관과 감수성을 지녔으며, 그가 어떤 정신의 소유자인지 짐작하고 가늠할 수 있게 해준 책이었다. 이 후생이 그를 지켜보며 그간 맘에 품고 있던 염원 하나를 이 자리를 빌려 꺼내놓는다. 아직도 이 땅에 없는 보들레르 전집 완역본을, 그 누구도 아닌 그가 번역한 '보들레르 전집 완역본'을 읽게 되는 날을 학수고대하고 있다는 것을. 그리하여 내 소망이 성취되면, 또 그걸 핑계 삼아 나는 영을 넘을 것이고, 취할 것이고, 무한의 반지름에 내 지친 감정과 감각을 헹굴 것이고, 사람과 말과 글과 어우러질 수 있을 것이다.

그의 존재를 알게 된 건 내 이십대지만, 그와 일 년에 한두 번이나 서너 차례 꾸준히 만나게 된 건 내 나이 사십이 다 되어서였다. 그를 만나러 영을 오갔던 지난 십수 년의 시절은 사람 만나는 기쁨을 오롯이 즐거워한 예외적인 시간이었으며, 이 시간의 축복은 여전히 현재진행형이며, 이 만남은 다른 여러 만남과 달리 끝까지 가서 끝을 보되 뒤끝이 아름답게 끝나게 되리라 나답지 않게 낙관한다. 사람들아, 저 동쪽 나라에 나의 오랜 친구 같은 선생이 계시는데, 어째 나이 들어도 나이 들어가는 것 같지 않고, 나이 든 젊은이가 젊은 날보다 더 힘 센 시를 쓰고 있다. 그의 시 한 편을 옮겨 적는다.

물의 음모

날이면 날마다 물가에 서 있는 아이만 보입니다. 잡을수록 타오르는 그의 등만 보입니다. 고개 들어 뭔가 찾지 않아도 되는 수면, 내리깐 눈길로 자신의 깊이를 덮기만 하면 그만인 수면, 그 무서운 음모는 안 보이고 발바닥 궁글리며 타박타박 뜨거운 모래 위를 걸어가는 아이, 희고 눈부신 목덜미만 보입니다. 가지 마라 얘야, 그건 함정이란다, 물속엔 손 뻗쳐 잡을 그늘 한 조각 없단다, 말도 못 꺼내보는 내 무서움의 바닥, 그 맹목은 안 보이고 어느덧 저만치 물속에 서 있는 아이 머리만 보입니다. 아으, 아이만 안 보입니다. 눈이 빠지게 보고 또 보건만, 죽어서도 이 에미 이제 눈감을 수 없건만, 끝내 자신의 깊이만을 딛고 서 있는 수면, 그 번쩍이는 살얼음은 안 보이고, 날이면 날마다 사라진 아이의 뒷모습만 보입니다.

파도의 힘과 리듬으로

    무한 증식하는 파도가 수평선 멀리 해와 달의 지원 아래 도움 닫기를 시작해 자신을 둘둘 말고 말아 마침내 백사장 고운 모래 위로 거친 호흡을 패대기치며 쓰러질 때 한 생애의 저무는 풍경이 저러했을 것인가. 갈 데까지 가 자신을 놓아줄 때의 호흡과 빛깔이 또 저러했을 것인가. 파도는 파도의 지문이 닳고 닳아 없어지도록 밀고 또 밀며 끝장을 보러 간다.

2부

시선과 호흡

동해 먼 수평선에서 올라온 파도의 숨소리가 바위섬의 이마를 때리는 새벽, 나는 잠에서 솟아났다. 파도가 마지막 숨을 거칠게 몰아쉬듯 해변으로 슬라이딩할 때 나는 무슨 생각을 하고 있었다. 파도가 떼굴떼굴 백사장으로 남은 힘을 다해 구를 때 내 무슨 생각도 굴러가 버렸다. 파도는 끝까지 갔고 끝에서 죽었다 다시 살아났다. 처음을 물고 늘어지는 끝없는 끝처럼.

태어나서 쉬지 않고 죽고 있다.
죽어가고 있다.
그런가 하면 손발톱이 자라나듯이 쉬지 않고 살고 있다.
살아가고 있다.

살수록 삶이 줄어드는 경이 속에 수만 개의 하루를 천지에 쌓아두고 하나씩 빼서 삶에다 버리며 영락없이 죽음을 향해 한 치의 가감도 오차도 없이 나아간다. 어떤 사람은 죽은 지 채 하루가 안 돼 잊힌다. 대개의 사람들은 죽기도 전에 잊힌다. 그러나 어떤 사람은 죽고 나서도 그를 기억하는 사람이 모두 죽을 때까지 죽지 않고 살아 있다. 예외적이고 제외적인 사건이다. 멀리 가서 구하지 않는다. 진리는 피부 근처에 있다.

벌써 세상 밖이 되었거나 지금도 줄줄이 세상 밖으로 나가는 귀신들이 줄 서 있고, 세상에 입장한 날 쪽보다 세상에서 퇴장해야 할 날 쪽으로 이 삶은 성큼성큼 다가간다. 그는 어딜 가도 그였지만, 그가 아닌 그이기도 했고, 그들이기도 했다.

매일 내 죽음이 그림자마냥 따라다닌다. 그럼에도 그림자가 달의 뒤편에나 있는 것처럼 그렇게 생활하고, 세 번 해가 바뀌는 동안 다섯 개 이상의 전철역을 지나가지 않았다.

아이들이 물밑으로 가라앉을 때, 한때 아이들이었던 다 큰 아이들이 아이들에게 할 수 있는 게 아무것도 없었던 순간이 지속되는 한, 너는 떠나도 떠나지 않았으며 나는 돌아와도 돌아오지 않았다. 일상은 하루아침에 증오와 비탄으로 바뀌고, 열외나 예외가 아닌 제외된 인간들의 나라에서 아무리 살려달라 외쳐도 세상은 물 밖에 있었고, 우리는 인간이 아니었다.

차 콘크리트 바닥에 엉덩이 대고 마치 그 자리를 떠날 일 없다는 듯이 자리를 지키고 있는 개나, 가령 휴가지 같은 데서 자신이 버려진 줄도 모른 채 버려진 장소에서 오매불망 주인이 나타나기를 기다리는 개나, 주인이 세상 떠난 집을 떠나지 못하고 그 자리를 지키고 있는 개의 시간을 일개 인간이 어떻게 헤아릴 수 있으며 감당할 수 있겠는가. 단지 바라보고 눈을 맞추거나 가끔 털을 쓰다듬어줄 뿐인데도 내 속에 있던 그 많은 화와 분노가 뒤로 물러나 앉고 말았다. 개와 함께 살기 시작했을 뿐인데 그것도 모른 채 여러 해가 흘러갔다.

잔반殘飯 처리 기계 다루듯 하는 개주인 녀석들.

사람과 사랑. 그 멀고도 가깝고 가깝고도 먼 여행과 두 극단.

인간이 옳고 그름에 근거해 사리를 판단할 것 같지만 호오에 집착해 움직인다는 것을 나이 먹어갈수록 이제는 거의 확신한다. 양심이니 이성이니 정의니 공정이니 같은 헛소리 그만 좀 해라. 그렇지 않다고 극구 부정해도 그들이 사람을 판단하고 분별하는 가장 중요한 기준은 '니가 내 맘에 드느냐 안 드느냐', '니가 내 편이냐 아니냐' 그 이상도 이하도 아니다. 그가 나한테 폐를 끼친 것도 아니고, 욕을 한 것도 아니고, 척을 질 일도 없이 아예 만난 적도 없는데 그 얼굴이 사석에서 보이거나 티브이 화면에 비치는 것만으로도 쉬이 가라앉지 않을 오만 가지 불쾌감이 전신을 휘감는다. '니가 내 맘에 들지 않는' 그게 네 크나큰 죄다. 인간은 선악과

원칙에 근거하고 집착하기보다 호오와 이익에 근거하고 집착한다.

결단코 용서할 수 없는 나를 데리고 간 곳은 삶이라는 애처롭고도 아뜩한 절벽. 깜깜하게 밀려오는 빛나는 밤 파도 소리 희디희게 듣는다.

억울한 일을 당한 자의 피부 속으로 한 번이라도 들어갔다 나온 자라면 우리가 몸담고 있는 세계의 차원과 일상의 질이 바뀌었다는 사실을 깨닫게 될 것이다. 그가 내가 아니라는 확신을 하지 못하게 된다는 것이다.

내가 살 집을 짓는 마음으로 네가 살 집을 짓는다. 가능한 일이고 불가능한 일.

정말이지 그 오랜 우정은 하루아침에 아무 연고 없는 사이처럼 퇴색하고 말았다. 얼마나 행복한지 밤공기가 춤을 추었다.

부모형제간의 질긴 유대와 우애는 유리 갑옷 같은 것이다. 혈연의 견고함이 부서져 깨질 때의 소리는 복구 불가의 감정을 동반해 증오심을 가중시킨다.

모방 불가의 예민함과 극도의 화와 분노가 뒤섞인 고압 상태가 진행되면 위장이 내색한다.

그가 입은 옷의 무늬와 색상이 내 심기를 불편하게 할 뿐만 아니라 그가 먹을 때 내는 '쩝쩝'거리는 소리는 나를 견딜 수 없게 만들었다.

'혼자 있을 때도 삼갈 줄 안다'(신독愼獨)면 그건 성인군자지 세속 인간이라 할 수 없다.

인간이라는 직업과 사업과 작업과 살아가야 하는 일의 막중함. 향기 없는 인간 만나는 일의 고역.

너는 무릇 인간이다. 하지만 너는 또 다른 너로 교체되고 교환된다. 이것이 우리 시대의 일상이며 이런 일이 비일비재하는데도 나와는 무관한 일처럼 세상이 굴러간다.

종교, 신앙, 기도, 제사 이런 말들과 나는 생래적이다시피 맞지 않았고, 젊어서도 그랬지만 나이 먹을수록 점점 더 심해졌다. 그것은 내가 그만큼 유혹에 취약하다는 것을 반증하는 의미이기도 했다.

인간이 종교의 하수인이 되는 짓거리는 권력에 빌붙어 아첨을 일삼는 똘마니나 패거리들만큼이나 역겨운 짓거리다. 풀 한 포기, 돌멩이 하나, 구름 한 점, 불어가는 이 바람을 능가하는 종교나 신성 같은 걸 본 적도 없고 볼 일도 없을 것이다.

사람들이 말을 하지 않거나 내색하지 않는다고 그들이 받은 상처나 수모, 그 외 여러 안 좋았던 일들이 묻혔거나 잊혔다고 단정하면 그건 크나큰 착각이고 오산이다. 그들은 대개 그들 피부 속에 그들이 겪었던 안 좋은 말이나 불미스러운 일, 치욕적인 사건, 나쁜 기억들을 채권자마냥 간직하고 있었다는 것을 어떤 계기로 뒤늦게나마 알아채게 되는 날이 온다. 이건 뒤끝이 없는 게 아니라 어떻게 뒤끝을 작동하느냐 안 하느냐의 문제다. 피해자들은 평생 동안 자신이 받은 피해를 자신의 그림자처럼 끌고 가야 하는 반면, 가해자는 '언제 그런 일이 있었나. 그렇다 한들 이제 와 어쩔 건가' 라며 뻔뻔하게 굴기 일쑤다. 가해자와 피해자 사이에는 용서니 화해니 사과니 사죄니 같은 말로는 쉽사리 건널 수 없는 심연이 가로놓여 있다.

화해나 용서 같은 건 코모도왕도마뱀에게나 줘라.

환자가 의사의 상태를 살피듯이, 피의자와 용의자와 피해자가 '왜 저렇게 묻지?' '왜 저런 걸 묻지?' 형사와 검사를 의심하며 대한다. 말은 그렇게 해도 그것이 결코 쉬운 일이 아니라는 걸 내 경험은 말한다. 나는 지금 무엇을 말한 것인가.

삶이 그러하듯 언어도 불량하고 더럽고 불순하기 그지없다. 오염 덩어리다. 이걸 받아들이는 데 수십 년이 걸렸다. 인간이 망가뜨린 언어가 인간을 망가뜨린다.

단지 습관/습성/관성처럼 '예' 하거나 고개를 끄덕거리지 않는 데도 용기를 필요로 한다. 하고 싶지 않은 말을 안 하거나 가지 말아야 할 자리에 안 가는 것도 결의와 전의를 요구한다. 함부로 수긍하거나 허락하지 않는 데도 지극한 사랑을 필요로 한다.

설거지하는 방식, 치약 짜는 방식 갖고도 짜증을 내고 서로 싸

운다. 믿기지 않겠지만 그런 게 인간이다.

그날 묵었던 방의 덮고 잤던 이불을 반듯하게 개놓지 않고 나왔던 게 뒷날까지 마음에 걸린 적이 있고, 그게 지금 생각나도 여전히 마음 한구석이 개운치 않다. 그 사람이 떠난 자리가 그 사람의 시간이겠다.

이제 기후는 쓰레기와 바이러스와 더불어 이 행성의 미래가 되었다.

어떤 날엔 화장실 변기가 막혀 있다는 사실 외에 다른 어떤 일도 관심을 끌지 못한다. 우리의 생활에서 물이 안 나오고 전기가 안 들어온다는 사실을 능가하는 사실이란 거의 없다. 단수 단전 앞에서 어쩔 줄 몰라 하는 문명의 취약함이여.

위선의 눈동자 그득 잔머리 굴리는 소리가 자갈밭 위를 구르는 덤프트럭 소리마냥 덜커덩거린다. 계산서 위에도 계산서, 계산서 밑에도 계산서, 이해타산과 계산으로 둘둘 말린 업자들이 분주히 오가는 나라에서 둘 데 없는 시선을 거둬 갈 데 없는 심장 깊이 호흡을 넣어둔다.

P의 삶은 2011년 12월 이전과 이후로 나뉜다. 공권력이 강자의 권력이고, 불공정한 권력이고, 힘 있고 가진 자에 기생하는 권력이라는 걸 몸으로 겪었기 때문이다. 피를 흘리며 얻은 대가였다. 그날 밤 사람을 구한 건 공권력이 아니라 평범한 시민이었다. 그날 밤 대체 무슨 일이 있었던 걸까.

뻔뻔한 인간들을 대적하는 한 방법은 그들보다 더 뻔뻔하고 야비하게 구는 것이다.
그런데 그게 쉽지 않다.

내가 아직도 버젓이 살아 있는 건 내가 천하 무능한 인간이어서 가능한 일이었다고 별 대단할 것도 없는 결론에 이르고 말았다. 천하 무능하지 않았다면 내 손에 묻어 있는 피를 씻어낼 길이 없었을 것이다.

　피해자는 죽을 때까지 피해로부터 자유로울 수 없고 가해자는 죽을 때까지 가해로부터 놓여날 수 없다. 그럼에도 가해자는 '내가 언제 그런 짓을 저질렀나?'며 아무렇지 않다는 듯 버젓이 돌아친다. 굴욕 당하고 능멸당한 기억은 삶의 바닥에 엎드리고 있다 언제든 일어나 평범한 생활과 일상을 파괴하려 든다. 나쁜 기억을 떼내려 하면 할수록 더욱 더 강하게 삶에 들러붙고 달려드는 것도 나쁜 기억의 역학이다. 가해는 이중 가해이고 피해는 이중 삼중 피해이기 쉽다.

사람들은 갑을 관계에 의해서든, 성별에 의해서든, 경제력과 권력 관계에 의해서든, 심지어 부모형제지간에도 대놓고 말을 하지 않을 뿐, 상대방에 대한 서열 의식을 은연중일지라도 피부 깊숙이 새겨놓고 있다.

　　힘 있는 자들이 세상에 기여하는 힘과 세상을 망가뜨리는 힘 중 어느 게 더 셀까.

　　고무 타이어를 내리찍는 도끼의 난감함과 그걸 고스란히 되받아야 하는 육체의 멋쩍음.

　　그 사람 생각으로 가득 차 있던 그 시절엔 그 사람 생각 외엔 어떤 생각도 성에 차지 않았고 관심 밖의 일이어서 그 당시엔 그런 날들이 영원히 계속될 것만 같았다. 지나고 나니 뭐 그런 일에 에너지를 쏟아 부었나, 그런 시절이 있기라도 했나 싶게 그 사람 생각만 나던 시절은 소낙비 가버리듯 가버리고 말았다. 지나고 나면 별 거 아닌 것 같은 일도 그 당시엔 비교 불가의 심각한 일이었음을 뒤늦게 각성하는 것도 삶의 한 모습이다.

잊을 만하면 기승을 부리는 여러 종류의 두려움과 사월 비 갠 어느 아침 화사한 햇빛 묻어나는 대기의 황홀함이 한 배에 타고 난바다 위에 떠 있다. 삶이란.

입으로 먹고사는 사람들을 대수롭지 않게 여겼던 시절이 있었는데 막상 여러 사람들 앞에서 내가 입을 움직여 십 분이고 삼십 분이고 한 시간 동안 쉬지 않고 무슨 말인가를 해야 하는 사태가 벌어졌을 때 내 생각을 수정할 수밖에 없었고, 입으로 먹고사는 사람들을 함부로 대할 수 없게 되었다. 사람들 앞에 나서는 건 피곤한 일이다. 사람들 앞에 나서서 서너 시간을 아무렇지도 않게 강의하는 사람들이 그저 놀랍고 감탄스럽고 신기할 뿐인 나 같은 사람에겐, 사람들 앞에서 한 시간 동안 무슨 말인가를 쉬지 않고 해야 한다는 건 고문에 해당하는 행위라고 판단하게 되었다.

　잡상인들의 초대에 응하지 말 것.
　특히 문학을 빙자한 끄나풀들을 경계할 것.

　나 같은 사람에게도 "돈 빌려달라"는 어처구니없는 전화가 온다. 나를 광고하지 않고 산 까닭이다.

　환멸은 입과 손과 성기 근처에 거주한다.

　글 쓰는 사람이 글 쓰는 사람 만나는 게 되레 가장 피곤하고 거북할 수도 있다. 동업자들에게서 느끼는 친밀감과 역겨움.

　그의 언어가 한낱 자판 위의 언어유희나 하나 마나 한 말장난에 불과하다는 느낌을 그는 견디기 힘들어했다.

어느 한날의 과오는 그날의 과오로만 끝나지 않는다. 그것은 문신처럼 전 생애에 걸쳐 있으며 침입자처럼 불쑥불쑥 일상의 영혼을 쑤셔댄다. 요즘 내가 보는 거울은 '사람은 뒤를 봐야 한다'는 거울이며, '사람이 어떻게 늙어가는지, 그 사람의 말년을 봐야 한다'는 거울이다.

장례식장조차 허영심으로 물들어 있고 과시욕으로 얼룩져 있다.

길바닥에 배 터져 죽은 개구리를 애도하듯 나하고 아무 연고가 없는 죽음을 애도한다.

나의 증오가 증오를 유발한 사람들보다 내 자신을 갉아먹고 지치게 하는 데 소용되는 걸 생각하면, 그래서 증오를 불러일으킨

상대를 더욱 증오하게 되고, 그럴수록 내 자신을 더더욱 증오할 수밖에 없게 되니 이중 삼중으로 증오에 휩싸이게 된다. 게다가 증오를 유발한 사람들은 아무렇지도 않게 살고 있다는 걸 생각해보라. 심지어 잘살기까지 한다. 거기까지 생각이 미치면 더욱 견딜 수 없게 돼 내가 나를 죽이든가 아니면 증오를 유발한 상대방을 죽여야 하는 갈림길에 서게 된다.

원수는 원수를 껴안고 잔다.

복수의 두 가지 방식에는 내가 가하거나 행한 말과 행동과 짓을 망각하지 않고 두고두고 내 스스로 꺼내 상기하는 방식이 있고, 내가 당한 말과 행동과 짓을 그들이 잊을 수 없도록 모든 수단과 방법을 동원해 그들이 한 말과 행동과 짓 앞으로 그들을 불러내는 방식이 있다. 내가 받아야 할 복수와 내가 해야 할 복수에서 놓여나는 내 삶이란 애시당초 불가능하다.

삶이란 피멍든 창窓과 창槍.

불안과 두려움 위에 세워진 극락.

식의주와 권력욕 위의 왕국.

풍경이 스스로 질리기야 하겠는가.

질리는 건 언제나 풍경을 대하는 사람의 마음이다.

어쩔 수 없이 풍경은 내면 풍경이다.

그 사람의 눈빛 하나하나가 얼마나 강렬한지 내 뇌를 파고드는 느낌이었으며 그 사람의 말 한마디 한마디가 얼마나 묵직하고 예리한지 내 뼈마디 마디 닿는 느낌이었다. 몇 줄기 눈빛 광선과 몇 마디 말의 광채가 순식간에 삶의 공기를 바꾸어놓았다.

이 세상에서 가장 듣고 싶은 목소리는 사람 목소리. 이 세상에서 가장 듣기 싫은 목소리도 사람 목소리. 이 두 목소리가 공간을 여닫고, 춤추게 하고, 갈기갈기 찢어놓는다.

나는 네가 아닌 불가능, 너는 아무리 내게 다가와도 내가 아닌 불가능. 우리는 불가능을 손잡고 잠시 생을 만진다. 우리는 불가능을 껴안고 각자의 생으로 돌아선다. 어둠 속의 어둠으로.

그가 갔구나.
나를 대신할 수 있는 사람이 없듯이 그를 대신할 수 있는 사람은 없다.

언제까지 살 수 없는 사람들이
언제까지 살 것처럼 군다.

밥 먹고 옷 입고 배설하고 말하는 일상이 없다면 영혼이 어디서 살겠는가. 둘도 없는 영혼의 거주지가 일상이건만 너무 흔해 우리들 눈에 띄지 않는다.

이 세상의 일은 자연과 인간의 일이지 하느님이나 신의 일이 아니다.

내가 나를 본다. 가능하고도 불가능한 일.

나는 나의 편견과 무관심을 발명한다.
인간의 아름다움은 그 이후다.

경치가 없는 생활은 생활 없는 경치만큼이나 위태롭다.

시인들의 시보다 초등학생이나 일상인들이 쓴 일기에 마음이 더 끌릴 때가 있다.

세상이 나빠지는 건 한순간이다.

세상이 조금 좋아지기까지 걸린 그 오랜 세월을 생각해보라.

이제 나는 약속을 걷어찰 줄 알게 되었다.

끝까지 가지 않고 결별하는 기술을 습득했다.

고정관념과 선입견은 끼니와 호흡 같아서 건너뛰기가 어렵다.

인仁의 길은 멀고 불인不仁의 길은 널린 스티로폼처럼 가깝다.

사람으로 태어나 인간으로 살다 동물로 죽는다.

거기에 나무는 없었다.

몽둥이가 있었다.

단봉短棒이 있었다.

목봉木棒이 있었다.

시차와 시대착오를 통해 동시대인에게 다가간다.

"너, 그 시골에 가만히 처박혀 있으면 아무도 거들떠보지 않고 알아주지 않는다"며 "작품 들고 출판사에 전화해라"고 불쑥 기습 전화했던 그 사람은 저승이 되었다.

내 자신한테 특별히 기대할 게 없어지면서 마음의 평화 같은 게 잠시나마 찾아온다. 이것은 남한테 별 기대 같은 걸 하지 않게 된 사연과도 밀접한 관련을 갖는다.

삶이 지속되는 한 미래는 영원히 지연될 것이기에 현재와 마찬가지로 미래에 도착하는 건 불가능하다. 한 번도 미래에 당도하지 않은 그가 뒤를 돌아보는 순간 나는 콘크리트 기둥이 될 것이다.

그 콘크리트 기둥에서 등대 불빛이 태어나 어제 오늘 내일을 비출 것이다. 그것도 한 문법이리라.

전류에 덴 듯 자지러지는 삶의 묵중한 한때, 대지의 천체인 양 망초꽃들이 황홀하게 춤춘다. 남아 있는 날들이 내 피부 속으로 들이닥친다. 많은 것들이 이미 삶에서 자취를 감췄고 더 빠른 속도로 자취를 감추리라.

죽을 때까지 죽음을 벗어날 수 없고, 결국 산다는 건 하루하루의 죽음을 산다는 것 순간순간의 죽음을 산다는 것 여기에 피와 뼈의 살 떨리는 삶이 있을 뿐, 신성이니 초월이니 해탈 같은 건 없다.

위로 없는 세계처럼.
위로 없이 사는 위로처럼.

여기서 무한을 찾았다.

여기서 흐느끼는 유한을 얻었다.

그 모든 환멸과 비애에도

삶이 늘 그대 편이기를.

그러려면 무엇보다 그대가 우선 삶의 편이기를.

사랑의 능력은 사랑하는 능력이듯이

미美는 살아가는 힘, 생활의 일이다.

3부

사랑의 속세

나와 다른 나라에서

다르다와 틀리다는 틀리지 않고 다르다.

남자와 여자가 다르듯이, 불교도와 기독교도가 다르듯이, 한국과 미국이 다르듯이 다른 것을 왜 자꾸 틀리다 말하는 걸까. 나와 너는 죽었다 깨도 다른데 너는 나와 틀리다 한다. 자꾸 하다 보니 다른 게 틀린 게 되고, 그러다 보니 개와 소가 틀리고, 피망과 파프리카가 틀리고, 자작나무와 사스레나무가 틀리고, 질투와 경멸이 틀리고, 백석과 윤동주가 틀리고, 빈센트 반 고흐와 프란시스코 데 고야가 틀리고, 토성과 목성이 틀리고, 이 별과 저 별이 다르지 않고 끝도 없이 틀리게 된다.

사과와 배는 다르지 않고 틀린 걸까? 뭐가 틀리다는 걸까? 꿈에나 통일과 꿈에도 통일은 남과 북만큼 다른 걸까? 틀린 걸까? 아니면 한통속일까?

구별과 차별이 다르고 엄마와 아빠는 틀리지 않고 달라도 너무 다르다. 갑과 을은 달라도 너무 다르다. 동해와 황해만큼이나 다르고, 인도양과 대서양만큼이나 다르고, 발견과 침략만큼이나 다르다.

나는 너와 다르니 나고, 너는 내가 아니니 너다. 나와 다른 너는 나와 달라서 춤추고, 너와 다른 나는 너와 달라서 길을 훑는다.

그럼에도 다른 것을 왜 자꾸 틀리다 말하는 걸까. 다른 세상에서 틀리게 살기… 뭔가 도사리고 있다. 뭔가 교묘하게 작동하고 있다. 나는 은연중 너와 다른 게 아니고 너는 틀렸다 말하고 싶었던 게 아닐까. 내가 우월하다고 으스대고 싶었던 게 아닐까.

그래서 묻게 된다. 과연 나는 나와 다른 나라에서 애도할 수 있는가. 나는 손톱만큼이라도 타인이 될 수 있는가. 죽었다 깨도 난

너가 아니고, 너와 나는 틀리지 않고, 화성과 지구는 다르게 태어
났다.

감정의 풍경

자주 실패했으니
한가하지 않을 나의 역사.

사무치는 세상 풍경은
사무치는 내 육체의 풍경.

내가 감정에 휘둘리지 않을 때에도
감정은 천지를 오가고.

한 번 안 좋은 감정은 대개 종말을 고할 때까지 안 좋은 감정이어서 생이 끝나야 비로소 사라 문드러질 감정 같은 것이어서 안 좋은 감정은 어느 한 시절 일개 망각 속에 휩쓸려 망실되거나 유실될 성질의 감정이 아니니 만 년 동안 지층에 묻혀 있다가도 생의 어느 순간 지벽地僻을 뚫고 새싹처럼 돋아날 미래의 씨앗 같은 것이어서 완전 제압하기가 불가하다. 그럼에도 감정 풀고 지내라거나 감정을 드러내지 말라는 소리를 아무렇지도 않게 입에 달고 있는 사이비 멘토나 흥행 강사들이 멋스럽게 씨부릴 때면 감정의 바닥에 패대기쳐버리고 싶은 게 솔직한 감정이기도 하다. 그깟 감정에 휘둘리고 그러냐 하지만 내가 감정을 데리고 제압하고 사는지 필요시 감정이 나를 데리고 불러내는 것인지 안다고 장담할 수 없으며 감정의 주인이 감정인지 나인지 여전히 판단 불가하다. 감정에 치우치지 말라는 감정조차 머리카락마다 꼭꼭 들어찬 감정의 잔재이듯 나는 감정을 감별하기 위해 혈안이 되어 있지. 몸이 달아 있지. 영혼이 안달하지. 감정을 관철하기 위해 무기와 악기를 사용하고, 서정과 격정을 사용하기도 하지. 현실과 꿈을 뒤섞기도 하고, 가해자와 피해자를 맞바꾸기도 하고, 감당할 수 없는 감정을 감당하러 감정을 술에 헹구기도 하고, 곤한 잠에 빠트리기도 하며 감정을 음악에 타 시간과 공간을 들이마시기도 하지. 감정 노동 그건 감정 진압 중노동. 감정 과거도 청산하지 못하는 인간이 어떻게 미래의 감정을 누비겠단 말인가.

인간은 태어나지 않는 게 가장 좋고

이렇게 말할 수 있는 것도

태어난 자의 피와 살아 있는 자의 뼈를 통해서다.

살아남아야 하는 자의 비통함을 통해서다.

나는 감정 많은 인간. 사제 감정 시한폭탄. 나는 싫어하는 게 너무 많은 인간이고 나를 또 맘에 안 들어 하는 게 너무 많은 인간. 나는 감정을 사랑한다오. 다채롭고 다감한 감정의 물결 액체를 사랑한다오. 나는 감정 공화국 시민. 감정은 나의 동물. 감정 백 마리 천 마리 만 마리는 엄연한 나의 육체와 정신. 나는 어디로 튈지 모르는 감정 방생 동물. 감정 생성 동물. 언어 감정 양성 방생 생성 동물. 감정은 내 배우자. 나는 감정이라는 동물과 놀며 숙식하며 극적으로 지낸다.

자주 실패했으니

심심하지 않을 우리들의 세계사.

사무치는 세상 풍경은

사무치도록 감정 쌓인 사람의 풍경.

내가 감정을 놓아줄 때도

감정은 이승과 저승을 아로새기고

지옥과 천당을 오가고.

최전선

인간의 눈 속에 들어 있는 표정을 읽으면
리얼리스트가 되거나 허무주의자가 된다.

들키고 싶지 않은 내심과 본심을 들키기라도 한 나처럼
네 속내를 마주하는 까닭이다.

속이려 해도 속일 수 없는 그 사람의
내면이 드러나고 내부를 드러내는 곳.

마스크가 필요하고
색안경과 복면을 필요로 하기도 하는 그곳.

사람들의 눈에는 빛이 일렁이듯 어둠이 출렁인다.

삿된 기운이라곤 찾을 길 없는 빛이 있는가 하면

기름덩어리 욕망의 수조도 있다.
교묘하게 가려놓은 물욕과 권력욕도 기거하고 있다.

손가락 모양이나 장딴지의 생김새만 봐도
그 사람이 어떤 사람인지 무엇에 관심 있는지 짐작하게 되니
한편으론 서글픈 일이다.

인간의 눈은 얼굴 속의 얼굴 같은 것이어서
그 사람 몸과 영혼의 지도가 그려져 있다.

눈동자 뒤에서 깜박이고 있는 사심과 이기심과 욕심을
알아챘을 때의 씁쓸함을 그대는 모르리라.

그토록 한결같고 변함없을 것 같았던 애정의 시선이
냉대와 푸대접으로 바뀌는 데는 여러 날이 필요치 않았다.

그의 걸음걸이를 본다.

그가 어떤 사람인지 직관하게 되니 슬픈 일이다.

인간적이라는 말

별 생각 없이 아무렇지도 않게 듣던 그 사람 인간적이라는 말이 공기를 찢으며 불쑥 들려 왔을 때 나는 감정을 어디다 들이박아야 할지 난감했다. 인간이거나 인간이 아닌 인간적이라는 말이 공기를 가르며 달려왔을 때 그는 열 사람이 나눠 가져야 할 빵 열 개 중 다섯 개를 먼저 해치웠고, 나머지 다섯 개를 선심 쓰듯 나눌 것처럼 굴다 아직까지 나누지 않고 기약조차 없는데… 그 사람 인간적이라는 말 앞에서 내 뇌가 당황하고 내 혈관이 황당해한다.

인간적이라는 말은 덜 된 인간이라는 말일까, 인간이 될 수도 있고 영영 인간이 될 수 없다는 의미일까. 제비꽃을 제비꽃적이라 말하고 파도를 파도적이라고 할 수 있는가. 그 강아지를 강아지적이라고 말하고 그 호랑이를 호랑이적이라고 말할 수 있는가. 그 사람 참 인간적이야라는 말이 그들의 입에서 울려 퍼졌을 때 뭐가 인간적이라는 거야 확 까발려주고 싶었지만 빵집을 향해 서둘러 발걸음을 옮겼을 뿐이었다.

일반화라고 몰아붙여도 할 수 없지만 인간적이라는 말은 탐욕적이거나 야만적이라는 말처럼 들린다. 인간성이 그렇듯 이중적이고 양면적이라는 말처럼 들리고 반지구적이라는 말처럼 들린다. 그 사람 인간적이라는 말이 근사하게 공기를 애무할 때 인간은 뒤를 봐야 하고 끝을 지켜봐야 한다는 말이 갈수록 힘을 얻게 된다.

말이 세계인, 말의 세계인 이 언어계에서 그 사람 인간적이라는 이 지독히 인간 중심의 어법 앞에서 저 기이하고 요상한 말이 인간의 입을 떠다닐 때마다 그 말을 쓰기 주저하는 까닭과 함께 형제자매도 버리고, 애인도 버리고, 친구도 버리고, 나 자신의 바닥을 쳐다보게 된다. 내 식의주를 생각하게 된다. 여긴 인간 짐승과 짐승 인간의 나라. 내가 먹은 것 중에 폭력과 슬픔 아닌 게 없었고, 해와 달과 별의 노래 아닌 게 없었다. 그 사람 인간적이라는 말이 그들의 입에서 불려 나왔을 때 다친 마음을 끌고 어리석은 나의 오랜 꿈을 향해 부지런히 발걸음을 옮겼을 뿐이었다.

개와 살다

나는 어려서부터 개를 싫어했다. 싫어했다기보다 무서워했다. 사람만큼 무서워했다.

하루는 흰 강아지를 데려왔다. 그때까지만 해도 이 삶에 이변이 일어날 줄 상상조차 하지 못했다. 개가 오기 전까지 나는 화와 분노로 무장한 채 나를 갉아대고 있었는데, 내 감정이 수시로 나를 먹어치우는 바람에 자주 일상생활이 빛을 잃었으며 겨우 겨우 평심을 유지하려고 안간힘을 쓰곤 했다. 분노와 화는 그 종류와 원인이 무엇이든 꼬리를 자르려고 덤비면 덤빌수록 거세게 저항하면 할수록 더욱 활개 치는 감당하기 힘든 세계였다. 개를 데려오자고 한 사람은 내가 아니었다. 내 시간을 뺏길 게 분명했기 때문이었다. 실제 개가 오자 내 혼자만의 시간이 줄어들었다. 하지만 증오심이 줄어들자 시간이 늘어나는 마법이 등장했다. 강아지는 그동안 씩씩하게 자라 성견이 되었고, '동동이'란 이름처럼 에너지가 넘쳤으며, 그동안 대여섯 번인가 목줄이 풀려 낮과 밤 속으로 뛰쳐 나갔으나 아예 저 멀리 가지는 않았다. 개와 함께 들판을 쏘다닐 때, 풀숲을 헤치며 연신 코를 벌름거릴 때, 방충망 제작 수리 트럭이나 고물장수 생선장수 트럭 확성기 소리에 연신 하울링을 할 때, 삐쳐서 밥을 안 먹거나 멀리서 천둥 번개 치면 지레 겁을 먹고 눈동자 가득 두려움이 일렁일 때, 그가 네 다리 쭉 뻗고 낮잠에 빠져 있을 때 나는 자주 무방비 상태나 무장 해제되었으며 그가 내 손바닥을 핥을 때는 그 언젠가 사랑받던 순간이 되살아나기도 했다. 외지에 여러 날 나가 있을 때에도 먼저 개 생각이 났고, 개 생각을 했다. 개 생각이 나를 따라다녔다. 테니스 공 좋아하고, 고구마 먹는 걸 좋아하는 이 개가 나를 구했다면 믿겠는가.

개와 함께 '개 있는 인생'을 산 지 3년이 흐른 봄이었다. 근 한 달 동안 개 몸에 들러붙은 서너 마리의 진드기를 매일이다시피 떼어내며 지냈다. 어떤 날은 내 등허리 쪽이 근질거려 봤더니 거기에도 진드기가 붙어 있었다. 물린 데가 벌겋게 부풀었고 기분이 엉망이었다. 그 작은 진드기가 순식간에 내 뇌 속을 휘저어놓는 느낌이었다. 아침에 일어나 나가보면 개 몸에서 완두콩만 한 진드기 대여섯 마리가 떨어져 나와 바닥을 뒹굴고 있거나 서너 마리는 혹처럼 몸에 붙어 있기 일쑤였다. 개털을 헤쳐보면 좁쌀만 한 진드기가 보였는데 여러 날 지나 완두콩만큼 통통해지니 그걸 보고 있는 내 기분은 영락없이 흡혈귀에게 피 빨리는 기분이었다. 개 귀때기에 붙어 있는 완두콩만 한 진드기는 졸지에 내 일상을 심란의 구렁텅이로 빠뜨렸다. 첨엔 그게 진드기인 줄도 모른 채 귀에 생긴 혹 떼러 동물병원에 가려 한 적도 있었다. 올봄엔 극심하게 가물어서 그런지 진드기가 더 극성이었다. 텃밭에 파 뽑으러 갔다 온 사이에도 진드기 서너 마리가 바지에 붙어 있을 지경이니 무슨 수를 내야지 가만있을 수가 없었다. 우선 개 몸에 들러붙은 진드기를 일일이 털을 헤쳐가며 손으로 잡을 수 있는 데까지 잡고, 분말로 된 해충 구제제를 바르고 '진드기 퇴치용 목걸이'까지 달아맸다. 일주일쯤 지나자 피 빨리던 녀석의 안색이 좋아지기 시작했다. 개 진드기의 생김새는 몸이 오글거릴 정도로 보기 흉해선지 개털 속에서 피

빨고 있는 진드기를 손으로 끄집어내 휴지에 싸 터트려 죽일 때는 쾌감이 일어나곤 했다. '진드기 같은 놈'이라는 말이 그냥 나온 말이 아니라는 걸 개 몸에 들러붙은 진드기를 통해 절감했다. 남에게 피 빨리는 기분과 남의 피 빨아먹는 기분이 어떤 것인지 당사자가 아니면 누가 알까. 어쩌면 인간에게 최악의 진드기는 인간일 게다. 3년 전 강아지를 소개한 춘천의 N형으로부터 "이번 봄 진드기가 극성을 부려 '동동이 엄마'가 죽었다"는 기별이 왔다. 견주가 일이 바빠 신경을 못 썼나? 나는 동동이 있는 데서 "니 엄마 죽었다"는 말을 차마 입 밖에 내지 못했다. '세상에 나쁜 개는 없다'지만, 개가 나쁘지 않으려면, 개가 행복하려면 인간의 시간을 빼서 개에게 줘야 한다.

글쓰기는 시간 쓰기이다. 글 쓰는 사람은 동물이고 식물이고 집에 들이지 말라고 권하고 싶다. 내 시간을 들여야 하기 때문이다. 글쓰기는 엉덩이 붙이고 벌이는 백지와의 싸움이며 지금까지 쓴/써진 글을 백지(무효)로 만드는 싸움이기 때문이다. 그럼에도 개와 함께 사는 건, 내 글쓰기 시간의 일정 부분을 개가 데리고 간 다고 해도 내 글쓰기가 가져다줄 수 없는 삶의 시간을 개가 데려 다주기 때문이다. '저 녀석과 안 살면 내가 얼마나 홀가분하고 편 할까' 싶다가도 '저 녀석이 자연사할 때까지 함께할 것'이며, 막상 그 순간이 닥치면 그 시간을 어떻게 감당할지 생각하는 것만으로 도 슬픔이 번개 치고 지금 이 순간이 힘들어진다. 나는 어려서부 터 개를 좋아하는 아이가 아니었는데, 개를 무서워하는 아이였는 데, 어느덧 개를 알아가려는 중늙은이가 되어 있다. 인간을 알아 가듯 조금씩 알아가고 있을 뿐, 나는 여전히 개를 무서워한다. 언 제 물지 모르기 때문이다. 사람도 그러하다.

  그하고 함께한 지 11년째가 되었다. 그가 우리 집 소속이 되었 듯이 내가 그한테 소속된 지도 11년째다. 내가 개를 알기는 알까. 고양이 터럭 한 올 만큼이라도 알기는 알까.

개가 가끔 하울링을 한다.

나도 가끔 하울링을 한다.

술과 비밀

사람이
비밀이 없다는 것은 재산 없는 것처럼 가난하고 허전한 일이다.
— 이상, 「실화失花」

비밀이란 나하고 산천초목 말고는 아무도 모르는 게 비밀이다. 사람으로 치면 '우리 둘 사이의 비밀'이라 해도 이미 나 말고도 최소 한 사람은 더 알고 있으니 이걸 비밀이라고 할 수 있을까 싶다. 그나저나 저 시인의 직관과 통찰처럼 비밀이 없는 사람이야말로 가난하고 또 허전한 사람일 게다. 어떤 비밀도 살 것 같지 않은 사람들과 건물들의 거리를 지나가는 자 역시 빈한하고 허전한 사람일 게다.

대취하고 난 다음날 눈을 떴을 때 번개처럼 내리치는 생각 중 하나는 취중에 내가 하지 말았어야 할 말이나 비밀을 누설/발설

한 게 아닌가 하는 것인데 그렇다고 물어볼 수도 없지 않은가. 이 낭패감은 지갑을 분실했을 때의 감정과 엇비슷하다. 혼술을 했다고 해서 안심할 수 있는 것도 아닌 것이 취중에 전화기를 잡고 무슨 말을 했을지 또한 알 수 없기 때문이다. '취중진담'이란 대개는 '취중 헛소리'에 불과하므로 곧이곧대로 들을 말은 아니고, 한 귀로 듣고 한 귀로 흘려보내야 할 말이다. 그렇다고 '술 취해 한 말이야' 한다고 해서 한 말이 없는 말이 되는 것은 아니기에 내심 가둬두고 있던 본심과 속내가 술의 힘을 빌려 밖으로 기어 나왔을 수도 있을 터이니 취중이라 해도 자신이 한 말로부터 자유로울 수는 없다.

무덤까지 가지고 가야 할 비밀이 늘어난다. 무덤까지 가지고 가야 할 비밀은 그렇게 해야 아름답겠지만 비밀은 인간의 자그마한 방심과 부주의를 놓치지 않는 승부사여서 비밀을 지키려는 욕망 못지않게 비밀의 문을 부수려는 인간의 욕망 또한 사랑의 욕망만큼이나 거대해서 비밀이 지켜질지는 미지수다. 무덤까지 가지고 가야 할 비밀도 있지만, 가지고 가기엔 무거운 비밀도 있어서 가기 전에 벗어버리고 싶은 유혹을 부르는 비밀도 있다. 그런가 하면 폭로해야 할 비밀도 있다. 금주 금연하는 것만큼이나 비밀을 유지하는 것이 어렵다.

말과 칼

굳이 하지 않아도 되는 말을 하고 돌아온 저녁엔 기분이 좋지 않았으며, 쓰레기통 속으로 들어가야 할 글을 발표하였을 때 후회 역시 막심했다. 상처 받으라고 작정하고 독설을 날릴 때도 있지만, 그럴 의도가 아니었는데도 내가 한 말로 인해 본의 아니게 상대방에게 상처를 줬다고 뒤늦게 알아챘을 때는 몸이 더 무거웠다. 칼만 들지 않았지 말이 칼이었다. 말보다는 글이지만 글도 믿을 게 못 되고, 글 잘하는 인간들보다 말 잘하는 인간들이 더 대접받는 세상이긴 하나, 말 많은 인간들은 말할 것도 없고 말 잘하는 인간들도 경원하기 시작한 지도 꽤 된다. 그가 한 말이 상대방을 찌르기도 하지만 되레 그를 찌르게 되기도 하는 것처럼 그들의 불타는 혀가 대중들을 끌어들이는 무기이기도 하나 역으로 그들 자신을 찌르는 흉기가 되는 것을 목격한다. 이런저런 사정은 밀쳐두고라도 내가 한 약속을 지키지 못하게 됐을 때에도 기분이 심히 안 좋았다. 하지만 이런 일도 벌어지더라. 젊었을 때 한 어떤 약속을 지켜야 한다는 강박으로 삼십오 년이 지나 지켰지만, 그것이 되레 후회할 일이 될 줄은 몰랐으며, 지금도 후회하고 앞으로도 후회하게 될 것이라 생각하니 기분이 이만저만 더러운 게 아니다. 기분의 침몰, 기분의 타락을 맛보는 듯 나는 쓰라리다. 이번에 크게 하나 배웠다. 약속은 지키는 게 능사가 아니라는 것. 약속은 끌고 가야지 약속에 끌려가서는 안 된다는 것. 약속은 하지 않는 게 상책이고, 했으면 지키되, 지키고자 하되, 매이지는 말고, 지킬 수 없게 되었을 땐 정직하게 파기하는 게 낫다. "표 받기 위해 무슨 말을 못 하나."와 "○○○이 되고 나서 보니 그 공약을 지키기 어렵다." 며 약속 불이행에 대한 이해를 구하는 것의 차이는 계획적으로 의도된 살인과 예기치 않은 실언만큼이나 크다. 지키지도 못할 헛된 약속을 맹세처럼 했던 내 지난날들이 아직도 다 사라지지 않고 있다. 내가 한 약속을 내가 보듯이 내가 한 약속도 나를 본다. 내가 한 말을 보듯이 말도 나를 본다.

말의 힘을 믿었지만 믿을 수 없었다.

칼의 힘을 믿기로 했다.

믿을 만했다.

칼에 찔리기 전에

말에 찔려 만신창이가 된 그 사람은

칼을 차고도 칼을 휘두르지 않았다.

그게 그의 말이었다.

말보다도 칼보다도 더 강한 것이 있어야 했다.

돈의 힘을 믿기로 했다.

믿고 말고였다.

입을 놀리지 않아도

칼 들고 설치지 않아도

알아서 기었다.

말들이 칼들이 꼬리쳤다.

돈이 이곳의 말이었고 칼이었고 신이었다.

둔도鈍刀가 되려면 멀었다.

목도木刀가 되려면 멀었다.

베지 않고 베려면

칼등이 되려면

개 발바닥이 되려면

사랑과 허영과 야망을 넘어

수식 없는 영광이 되려면

노래 없는 노래가 되려면 멀고도 멀었다.

잡문의 대가

1860년대 S P B처럼

1930년대 B처럼, L처럼

1960년대 K처럼

1990년대 K처럼

2000년대 L처럼, K처럼

2010년대 K처럼, K처럼

산문 잘 쓰는 시인이 좋다.

어떤 산문이 좋은 산문인지 갑자기 물으면 말문이 콱 막히겠지만…

— 잘 쓴 산문이 뭐지?

— 힘 있는 산문.

— 힘 있는 산문은 뭐지?

— 언어가 피부를 뚫고 들어가는 산문.

― 언어가 피부를 뚫고 들어가는 산문은 뭐지?

― 언어가 피부를 뚫고 나온 산문.

― 언어가 피부를 뚫고 나온 산문은 또 뭐지?

― 몸이 말하는 산문. 사물이 생물 하는 산문.

믿지 않겠지만/믿기 싫겠지만 산문의 저력이 시의 저력이야.

또한 시의 저력이 산문의 저력이야.

시가 발효하지 않는 산문을 무슨 낙으로 읽어.

시인은 25시간, 366일, 열세 달 시인이어야 하듯이 잡문 한 줄도 최악을 다해 써야 한다. 내가 쓴 시가 초등생이 쓴 일기 한 줄이나 죄수가 쓴 낙서 한 줄보다도 사람의 마음을 움직인다 할 수 있는 가. 그 나라에서는 다들 대단한 쉬라도 쓰는지 잡문 쓰는 걸 경시 하는 쉬인들이 있다.

작가 R은 잡문의 대가다.

그의 글을 읽으면 그가 피를 휘두르는 작가라는 걸 알게 된다.

그의 글은, 피를 휘두르는 글이다.

근데, 잡문이다.

1950년에 세상을 뜬 작가 G O는 생계형 작가다. 과도하다고 해야 할 정도로 잡문을 썼다. 그는 파리와 런던의 밑바닥 생활도 했고, 탄광촌 르포를 쓰기도 했으며, 스페인 내전에도 참전했다. 나는 그를 존경한다. 죽었다 깨도 그처럼 살 수 없고, 그처럼 쓸 수 없기 때문이다.

위대한 평범

"그리운 평범이여!"

어떤 죄수가 한 이 말을 처음 접했을 때 내 뇌에 뇌우雷雨가 치는 느낌이었다. 그리운 평범이라? 위대한 시인이 썼으면 평범했을 말인데, 죄수 그것도 장기수가 한 말이어서 그런지 더 위대하게 다가왔다. 위대한 평범이여. 대부분의 사람들이 평범하게 살지만 그렇다고 아무나 평범하게 살 수 있는 건 아닐 것이다. 평범하게 살 수 있는 사람만 평범하게 살아가리라. 별 특별할 것도 없는 나날들이, 평범한 일상의 나날들이 기실 특별하고 위대한 나날들이었다는 걸 각성하는 날이 오지 않는 게 인생의 좋은 날이었음을 알게 되는 날이 온다. 위대한 평범이여!

하루의 깊이

삶을 버리지 않는 한, 눈을 떠도 하루고 눈을 감아도 하루다. 유사 이래 해의 시선과 달의 호흡은 지칠 줄 모른다. 불굴의 하루. 우리들 사이에 무슨 일이 일어나든 하루는 온다. 끼니와도 같은 하루. 하루는 지겹도록 반복되며 말들은 또 얼마나 인간의 동어반복을 견뎌야 하는가. 하루의 다른 이름들인 '어제'와 '오늘', '그저께'와 '내일'과 '모레'는 우리가 삶에 머무르게 되는 한, 끝나지 않을 평범하고 비범한 동무들이다. 나는 오늘 하루도 비범함이 그리워할 정도로 평범하게 지냈다. 어제와 별다를 것도 없는 오늘과 내일이라고 딱히 특별할 것도 없을 생활에 시인은 "하루에 얼마나 많은 일들이 일어나는가"(파블로 네루다, 「하루에 얼마나 많은 일들이 일어나는가」)라며 찬물을 끼얹는다. 거기서 그치지 않고 시인은 "하루 동안"에도 "사물들은 자라고", 우체부가 바뀌었을 뿐인데 "이제 편지는 예전의 그 편지가 아니"며, "황금빛 이파리 몇 잎"으로도 나무는 다른 나무, 넉넉한 나무가 된다고 전언한다.

어느 날 한 편의 시가 내 삶으로 들어왔다. 내 심장으로, 내 혈관으로 들어왔다. 그리고 나는, 나의 일상은, 나의 세계는 변했다. 변화했다. 단지 한 편의 시를 읽었을 뿐인데, 나의 평범한 하루는 다른 하루가 되었으며, 나는 다른 사람이 되었다. 슬픔과 기쁨이 다르게 도래했다. 비가 시작되었을 뿐인데 조금 전까지 마시던 그 술이 그 술이 아니게 되듯이, 진눈깨비가 휘날리기 시작했을 뿐인데 지금까지 걷던 내 발걸음이 이미 다른 감정으로 걷고 있었듯이 말이다. 한 편의 시가 나를 다른 사람으로 만들어 타인과 사물에게 다가가도록 했다. 다른 입맞춤이 탄생한 것이다. 세계는 그런 나를 물끄러미 응시하는 듯했다. 여러 번 읽어도 삶의 열기는 커녕 온기조차 느껴지지 않는 시들, 처음의 열광과 달리 읽을수록 말의 힘이 현저히 약화되는 시들, 두 번 다시 거들떠보지 않을 세상의 많은 글들, 쓰다 만 나의 시와 되다 만 나의 글들, 읽어도 읽어도 의미의 미지인 세상의 어떤 특별한 시들 사이에서 유독 첫눈에 암송하게 되는 시들이 있다. 네루다의 시가 그랬다. 그의 시 구절들은 내 내부를 뚫고 나와 주문을 외듯 자주 입술로 날아올랐다. 밥을 먹다가도, 길을 가다가도 중얼거리게 되고 되뇌게 되었다. "나는 터널처럼 외로웠다."(「한 여자의 육체…」), "그러나 난 세상 어딘든 너의 눈빛 가져가리,/ 넌 어디로 가든 나의 고통 가져가리."(「작별」), "내 발이 내 손톱이 내 머리칼이/ 내 그림자가 꼴 보기 싫을 때가 있다./ 때로는 사람으로 사는 게 지긋지긋할 때가 있다."(「배회」), "아름다운 건 갑절로/ 아름답고/ 좋은 건 두 배로/ 좋다"(「내 양말을 기리는 노래」), "당신은 다른 행성에 나타날 것이다/ 완강하게 덧없고,/ 마침내 양귀비로 변해서."(「097」), "아, 그를 동행 삼아 더는 이 땅에/ 살지 못하는 슬픔을 말하지 않으리./ 그는 결코 내게 노예가 아니었다./ 그의 우정은 위엄을 간직한/ 고슴도치의 우정 같은 것/ 일말의 과장도 없이/ 꼭 필요한 만큼의 친밀함만을 지닌/ 홀로 떨어진 별의 우정."(「개가 죽었다」), "한때 나였던 소년은 어디에 있을까./ 계속 내 안에 남아 있나, 아니면 떠나버렸나?"(「44」) 같은 시들이 그렇다. 그런 시들은 나를 지금까지의 시간과 다른 시간 속에 살게 만들었으며, 다른 공간에 거처를 마련하게 했다. 네루다는 언어를 공학적으로 운영하는 시인이 아니다. 작시법에 연연해하지도 않는다. 언어유희에 밀착하지도 않고, 난해의 밀실로 도피하지도 않는다. 시론에 매이지도 않는다. 그는 말과 언어를 쥐어짜고, 비틀고, 조제하고 조립하는 대신 육성으로 질러버린다. 시 기술자의 시가 아니다. 말이 터져 나오는 시, 말이 터져버리는 시, 말을 터트리는 시가 네루다의 시다. 네루다는 만물에게 말을 걸고, 사물의 시선으로 보고 말하며, 우주의 호흡으로 노래한다. 그는 몸으로 말을 받아 적고, 독자를 다른 행성으로 데려가고, 때론 인민의 사연에 동참하고, 대자연의 언어로 사랑한다. 그는 스페인어로 시를 쓰지 않고 인류어로 시를 쓴다. 그동안 내게 많은 시가 왔으나 내 몸을 통과한 시는 드물었다. 새롭다거나 실험적이라고 하는 시들도 이내 시간을 견디지 못하고 곧 말의 빛이 바래기 일쑤였고, 두고두고 의미를 생성하지 못했다. 나는 힘 있는 언어를 원했다. 삶과 죽음을 내장한 리듬을 요구했다. 현실과 꿈이 한몸인 형식을 고대했다. 나는 시인의 피부를 뚫고 나와 독자의 피부를 뚫고 들어가는 시를 원했다.

*

일 년이 지나가고 십 년이 지나가도 하루는 온다. 일생이 지나가도 하루는 온다. 생일이 아닌 하루가 어디 있을 것이며 생존 기념일이 아닌 하루가 어디 있을 것인가. 어제는 하루하루 늘어만 가고 내일은 하루하루 줄어만 든다. 오늘은 내 인생의 여러 보잘것없는 날들 중 하루였으나 이 세상의 모든 하루가 그렇듯이 유일한 하루였다. 하늘 아래 새로운 게 없다고 말들 하지만, 하늘 아래 같은 하루도 없고 같은 사람도 없다. 의식하든 의식하지 못하든 오늘의 나는 어제의 나이지만 어제의 내가 아니고 오늘의 나이기도 하고 내일의 또 다른 나일 것이다. 오늘의 내 생각은 벌써 오늘의 내 생각이 아니듯 지금 이 순간의 햇빛도 이미 과거의 햇빛이다. 오늘 아침 벚꽃은 오후에 다르고 저녁엔 더 다를 것이다. 오늘 아침부터 내리는 비는 오늘 아침 이 지상에 처음 내리는 비이듯, 오늘 저녁 어스름은 비슷비슷해 보일지라도 어제 저녁의 그 어스름이 한참 아니다. 저 숲의 동종의 낙엽송조차도 각각의 낙엽송이며 잣나무는 다 다른 개개의 잣나무다. 두 번의 생이 없듯이 하루조차 하나의 일생이다. 하루를 살면 하루가 줄어든다. 삶은 그처럼 절박한 것이지만, 나의 하루는 별일 없다는 듯이 지나가고 만다. 그런가 하면 죽을 때까지 영향력을 행사하는, 삶이 끝나야 끝나는 것처럼 평생을 끌려다녀야 하는 상처와 고통의 잊기 힘든 하루도 있다. 어떤 한날 겪은 하루는 일생 동안 고통을 안길 것이다. 오늘 하루에도 내 늙음이 자라고, 눈동자 속에서 놓쳐버린 사람들이 자라고, 내가 방치한 내가 자라고, 내가 외면한 타인들이 자라고, 동물들의 고독이 자라고, 나는 내일로 떠내려간다. 매일 죽어가는 시간이 자라고, 사물들이 벌이는 사건이 자란다. 하루하루가 자라 일생이 되고, 그 일생은 어느 하루 인생의 종말을 고하고 만다. 어느 날부터 내 집 앞을 지나다니는 마을 노인들이 보이지 않고, 한쪽 다리 절던 길고양이도 보이지 않는다. 주위를 환히 밝히던 어머니는 예전의 그 어머니가 아니고, 별빛은 친밀함을 발하던 예전의 그 별빛이 아니다. 그 어느 해 겨울 찍은 사진 속에 내리던 함박 눈송이들처럼 포근하고 다정다감하던 그대 눈빛은 사월에 내리는 눈처럼 속절없고, 언제나 변치 않을 것처럼 '우리 끝까지 가는 거야' 눈에 힘주고 굳게 손잡던 사람은 하루아침에 먼지 속으로 가버리고 말았다. 많은 일들이 하루에 일어났지만 가까이 붙잡아둘 수 없는 사람처럼 떠나가고 말았다.

째깍째깍 초읽기 하듯 저녁이 온다. 한밤중에는 오늘 하루가 사라져가는 걸 암흑과 함께 누워서 뜬눈으로 지켜봤다. 다시 돌아오지 않을 시간과 함께했던 더없고 덧없는 사람의 육체. 하루가 가버리듯이 가버린 일생들. 자주 혼자가 되려 했고, 그걸 훼방 놓던 인간관계들 속에서 나는 겨우 만물과 사귀었고 가까스로 미물을 사랑했다. 저 먼 어제에서 불쑥 다시 나타나거나 기미조차 느낄 수 없는 미래에서 슬그머니 다가온 오늘이란 이름의 곧장 과거가 될 하루하루들. 아무도 날 부르지 않았고, 나 역시 그 누구도 찾지 않았다. 낮과 밤만이 변함없는 후견자였고, 햇빛과 달빛이 호위 무사처럼 나와 세계를 어루만졌다. 나는 사람들에게서 멀어졌다. 편해졌다. 아무리 그렇다 해도 나는 그들로부터 아주 떠날 수는 없었으며 여전히 인간을 염원하는 한 명의 외롭고 괴롭고 슬픈 짐승으로 남았다. 마음에 굳은살이 박이고 생각의 주름살이 파이기 시작하던 내 삶의 어느 한때, 나는 내 영혼으로부터 떠나왔다. 그 시절 내 영혼은 순수했거나 그도 아니면 다만 순진했을 것이다. 이제 나는 네루다처럼 "영혼의 사계절을 위해 건배"(「하루에 얼마나 많은 일들이 일어나는가」)하지 못한다. '하루'와 '현실'은 내게 종교와 같은 것. 지금 이곳에서 '현실의 사계절을 위해 건배'할 뿐이다. 하루에도 얼마나 많은 슬픔이 일어나는가. 하루에도 얼마나 많은 사람들이 사라지는가. 나도 대책 없이 사라지고 있다. 하루는 하루아침에 이루어지지 않았고, 나는 나로 이루어지지 않았다. 나는 수많은 그대들로 이루어졌다. 어느 날 한 편의 시가 찾아왔다. 세계의 차원과 질이 바뀌었다. 하루의 깊이는 살았던 삶의 깊이고, 살아야 할 삶의 깊이다. 어제와 오늘과 내일의 깊이다. 우리는 죽으러 태어난 건 아니나 태어나는 순간부터 죽기 시작한다. 가차 없이 죽음을 향해 나아간다. 언젠가 별빛 같은 날들을 두고 이곳을 떠나야 할 날이 올 것이다. 모든 하루를 데리고 삶에서 퇴장해야 하는 날이 올 것이다. 그 하루는 또 세상의 빛을 어떻게 받아들일까.

* 본문에 나오는 시 중 「하루에 얼마나 많은 일들이 일어나는가」 「작별」 「배회」 「개가 죽었다」 「44」는 『네루다 시선』(김현균 옮김)에서, 「한 여자의 육체…」 「내 양말을 기리는 노래」는 『스무 편의 사랑의 시와 한 편의 절망의 노래』(정현종 옮김)에서, 「097」은 『100편의 사랑 소네트』(정현종 옮김)에서 인용했다.

한 줄의 시

새로울 것도 없는 말이 되겠지만 시인을 살리기도 하고 죽이기도 하는 건 시론이나 평론이 아닌 시인이 쓴 시다. 시인에겐 시가 최상의 시론이고 시경이고 인간론이고 인간경이고 세계론이고 세계경이다. 시를 말하는 데는 잡다한 이론이나 지식이 혹 도움이 될지 모르나 시를 쓰는 사람에게 시작법이나 시론처럼 허망한 게 없다. 결국엔 걸림돌이 되면 되었지 득 될 게 없지 싶다. 시론이 앞장서 시를 끌고 갈 수도 없을 뿐더러 시가 뒤따라가고 싶어 하지도 뒤따라갈 수도 없기 때문이다. 빼어난 시론을 갖춘 시인들이 없는 것은 아니나 내가 갖고 있는 관심 중 하나는 맘에 드는 시인이 나타나면 그 시인이 산문을 어떻게 쓰는지 궁금해한다는 정도다. 시인의 산문을 읽어보면 실망하게 될지, 앞으로 눈여겨보면서 더 좋아하게 될지 가늠할 수 있고, 그 시인의 시적 저력과 역량이 어느 정돈지 눈치 챌 수 있기 때문이다. 실제 내가 아끼고 좋아하고 존경하는 시인들은 몇몇 예외적인 경우를 빼면 누구랄 것도 없이 뛰어난 산문가들이다. 시인은 자신이 쓰는 산문 한 구절조차도 시에서 멀리 가지 않으며, 시를 내장하고 있으며, 시로부터 자유로울 수 없고 산문이라고 해서 직무 유기할 수도 없다.

시론이 시가 가야 할 길을 밝히고 앞장서 시를 인도한다는 건 내 경우엔 택도 없는 소리다. '이런 시를 한번 써봐야지' 맘먹었던 머릿속 기획은 늘 부실한 잡생각 같은 거였고, 막상 시의 첫 한 줄을 쓰는 순간 이미 기획은 그저 기획일 뿐 시가 어디로 갈지 어떻게 써질지 알 수 없다. 어떤 시를 어떻게 쓸지 기획한다는 것은 말이 기획이지 애당초 불가능한 기획이고, 내가 쓰되 나 아닌 내가 쓰기도 하고 써지기도 하는 나라가 시의 나라이니, 시가 무엇이며 자신의 시 쓰기를 어떻게 규정하고 설명한단 말인가. 룰이 있다면 시인은 자신이 쓴 시를 편들지 않는다는 것이다. 물을 수 없는 물음이 그렇듯, 그렇다고 아무 생각 없이 넋 놓고 묻지 않을 수도 없는 물음이 또 그렇듯, 설령 자신의 시 쓰기와 시에 관해 아무리 잘 변호하고 옹호하고 논한다 할지라도 그것이 시에 이르는 오솔길

하나를 내기라도 하는 걸까.

　나는 꿈을 꾸지 않고 현실을 꾼다. 괴로워도 현실을 쳐다봐야
하고, 죽으나 사나 현실을 껴안아야 하고, 현실이 꿈보다 백 배는
더 맛있고 짜릿하고 황홀하며 잔인하고 끔찍하게 아름답다. 시인
이 회피하거나 외면하지 말아야 할 현실은 결국 언어의 현실이고,
언어의 현실이라고 해서 정치 사회와 무관할 수 없고, 인간이 기계
가 아닌 이상 생로병사와 희로애락의 현실로부터 단 한 발자국도
벗어날 수 없다. 언어가 꾸는 꿈보다 언어가 꾸는 현실이 내가 뒹
굴어야 할 시의 현장이고 사랑의 속세다.

　내게 시 쓰기는 한 줄 쓰기며, 한 줄 쓰기는 첫 한 줄 쓰기며, 시
의 첫 한 줄에 그 시의 구할, 아니 그 시의 전부가 걸려 있는 글쓰
기다. 시의 첫 한 줄을 쓰고 두 번째 줄을 쓰는 게 아니고 다시 첫
한 줄을 쓰면서 그렇게 수십 줄의 시를 죽 밀어붙이는 방식이다.

퇴고와 절차탁마는 나중 문제다. 그래서 그런지 첫 한 줄부터 실패한 시는 손보고 또 손봐도 대개 실패하고 만다. 생명력 없는 단어의 나열이 되고 만다. 시어 하나에도 토씨 하나에도 최선을 다해야 하는 것 역시 나중 문제다. 백날 잡고 있어도 안 되겠다 싶은 글은 빨리 버려야 한다. 잘 쓴 시보다 좋은 시는, 좋은 시보다 힘 있는 시는, 분명 내가 쓰는 것이지만 내가 쓴다기보다 규정할 수 없는 어떤 힘으로 써지기도 한다는 걸 부정 못 하겠다. 백지 위는 미지고, 미지의 무한대고, 미지 앞에서 첫 한 줄을 쓰고, 지금 이 순간 이후 삶이 어떻게 될지 모르듯 첫 한 줄 이후(시 쓰기는 가도 가도 첫 한 줄 쓰기다)를, 생각하고 쓰는 게 아니라 쓰면서 생각한다. 쓰면서 생각할 수 없는 걸 생각하고, 쓰면서 살 수 없는 걸 살고, 쓰면서 쓸 수 없는 걸 쓴다. '내 문학은 늘 지금부터다'라고 말하는 이유다. 시는 생성하는 언어의 지금 이 순간이고, 끝없이 도래하는 말의 옛날이며, 미래를 선취하는 말의 기미고 척후다. 그것은 과거로부터 오되 과거에 국한된 말이 아니고, 미래를 그리워하고 두드리되 뜬구름 잡는 소리가 아니다. 시의 언어는 별세계의 언어가 아니면서 별세계의 언어며 가도 가도 아무리 멀리 달아나도 삶보다 멀리 가지는 않는 언어다. 죽음 가까이, 당신 입술만큼, 당신 성기만큼, 당신 발바닥과 머리카락만큼 가까이 있는 언어다.

하늘 아래 새로운 게 없다고 말하는 사람 곁에, 하늘 아래 새롭지 않은 것도 없다고 말하는 사람도 와 있다. 삶을 연습할 수 없듯 시는 언어의 실전이다. 백지 앞에서, 백지 위 미지 앞에서 지금 당장 해야 할 일은 지금까지 쓴 글을 잊고, 어쩌면 지금까지 쓴 글을 무효로 만들고, 지금까지 쓴 글과는 다른 첫 한 줄의 시를 지금부터 시작하는 일이다. 시는 지금 이 순간 태어나는 말이면서 저먼 과거의 빛이며, 지금 이 순간을 새기는 말이면서 태어날 미래의 입김이다. 누구나 보고 있으되 보지 못한 말이고, 누구나 듣고 있으되 듣지 못한 말이며, 무수히 말했으되 아직 말해지지 않은, 무수히 썼으되 아직 써지지 않은, 아는 말이되 모르는 말이다.

4부

서정과 격정

1

그는 직관하는 자다.

그의 직관이 얼음으로 이루어진 그의 발바닥 밑을 깨부순다.

2

매 순간, 모든 순간 다다를 수 없는 너를 향해 가듯 나를 향해
가는 도착하지 않는 내 인생.

순간들.

이번 순간들.

영원히 도착하지 않는 이 순간들의 생에서

돌이킬 수 없이 유한을 자극하는 한 편의 시가 삶이라면.

3

문학은 나하곤 아무 상관없는 별의 이름 같은 거였는데 스무
살이 되던 해 그 별에 닿고자 무작정 항로를 탐사했다.

4

「내 시의 처음」이란 제목으로 '내 삶의 어느 순간, 에이즈가 침입하듯이 시가 나를 찾아왔다'라고 첫 문장을 쓸 수는 있겠다. 이런 첫 문장을 지어내려고 맘먹는다면 사흘에 수십 개는 지어내리라. 그러나 그렇게 결정적으로 폼 나게 시가 나를 찾아오지 않았다. 내 삶의 어느 순간 종이의 여백 위에 뭔가 낙서하듯 한 줄 두 줄 끄적거리다, 한 시간, 두 시간, 만 시간… 시간을 들여 지금 이 지경이 된 것이다.

시를 쓰는 일이 내 일이 되어 있다.
시를 쓰지 않을 때도 시는 내 일이 되어 있다.

5

스무 살이 되던 해, 쓰기 시작했다. 노트와 읽던 책과 자취방 벽지와 담뱃갑 은종이와 술집 탁자와 신문지와 심지어 손바닥과 팔뚝에 볼펜으로 닥치는 대로 뭔가 끄적거리며 글을 쓰기 시작했다. 글을 쓰기 시작했다기보다 글이 왔다. 글이 오다 오지 않았다 했다. 거짓말 같지만 어떨 땐 내가 문장을 쓰는 게 아니고 문장이 나를 썼다. 아무리 기를 써도 오지 않는 문장을 쓸 수는 없다. 내가 글을 쓰지만, 글이 나를 통해 써진다. 내가 쓰려고 했다기보다 무를 뚫고 글이 솟구쳐 나왔다. 그렇다고 내가 쓰려고 하지 않았다면 어느 날 불쑥 기약 없이 솟구쳐 나왔을까. 내가 글을 쓰지만 어떤 글은 글이 나를 쓴다. 글쓰기는 '함'과 '됨'이 공존하는 자리. 글 쓰는 일의 허망함, 부질없음, 대책 없음은 글 쓰는 자의 숙명이다. 이 숙명을 숨쉬기처럼 받아들여야 글이 나아간다. 무無. 움직이는 무. 요동치는 무. 도약하는 무. 폭발하는 무. 무의 우주에서 네가 살고 네가 죽어가는구나. 네가 살고 있다고 말하지만 한시도 가만 있지 않고 네가 죽어가고 있다고 말해야겠구나. 죽어가고 있다고 말하는 것도 살아 있는 자의 식욕과 성욕과 권력욕 위에 세워진, 자본과 계급과 서열과 위계 위에 세워진, 식의주 위에 세워진 인간의 살아 있는 입을 통해서이다. 글쓰기는 지금까지 읽은 글, 지금까지 쓴 글을 무효화/초기화/백지화하는 작업. 내가 아무리 피해도 쳐들어오는 글을 막을 수 없듯이 글이 열리는 백지 나무여, 아무리 발버둥 쳐도 오지 않는 글은 오지 않고, 영영 오지 않는 그대처럼 오지 않을 것이고, 그러다 일생 동안 쓸 수 없었던 글을 하루 저녁에 쓰는 저녁이 도래한다.

6

그 가을 나는 시 벼락 맞은 나무처럼 무방비 상태에서 수십 편의 시를 받아 적었다. 시가 내 몸을 통해 번개와도 같이 터져 나왔다. 그 가을 나는 깜깜한 빛이었다.

7

글쓰기의 도道, 길 그런 게 어디 있겠는가.

쓰고, 쓰고, 쓰고, 또 쓴다.
버리고, 버리고, 버리고, 또 버린다.

8

시인은 시를 쓰지 않을 때도 시인이다. 그는 그가 의식하든 그렇지 않든 그도 모르는 가운데 시를 향해 나아가고 있기 때문이다. 시를 쓰지 않을 때도 늘 시를 쓰고 있는 것이다. 그것은 마치 내가 살고 있는 걸 매 순간 자각하지 않을 때에도 내가 쉬지 않고

살아가는 것처럼 그가 시인이라면 시를 쓰지 못할 때도 시인일 것
이다.

9

일하듯이 시를 쓰고
순간순간 시를 감행한다.
풀 뽑듯이.
별 헤치듯이.

10

시인은 지금까지 있었던 말을 지금까지 없었던 말처럼 쓰는 자
며 오늘까지 있었던 말을 오늘 시작하는 말처럼 하는 자다.

11

나는 그 사람에게 애달프다.
그 사람은 나를 생각나게 한다.

시를 쓰지 않아도 살겠지만

살아 있다면 시를 쓸 수밖에 없으리.

12

삶의 향기는 아주 가까운 곳에 있고, 아주 사소한 일에서 시작됩니다. 우리 집 개가 제 앞발로 제 얼굴을 문지를 때 순간 나는 무장 해제된 상태인 것도 모른 채 어떤 황홀감에 입장해 있었습니다.

13

인간은 언제든 돌멩이 한 개나 물고기 한 마리나 나무 한 그루나 먼지 한 점처럼 인간 한 개나 인간 한 마리나 인간 한 줌이나 인간 한 점이 될 운명을 안고 있다.

14

　내겐 이 세계와 세상이 필요한 것이지 종교와 신앙 따위가 필요한 게 아니다.

15

　어떨 땐 담배 한 모금, 캔맥주 열 캔, CD 다섯 장, 구름 맑은 하늘, 검 같은 펜과 설원 같은 백지, 강아지의 눈동자를 들여다보는 시간 가는 줄 모르는 시간 같은 게 필요하다.

16

　인간의 지병은 인간이고 인간의 역병도 인간이다.
　허무할 시간조차 없이 하루하루가 저문다.
　우리가 순간순간 마주하는 모든 순간은 삶의 순간처럼 영영 다시 돌아오지 않기에 영원의 한 순간이고, 삶에 있는 한 산다는 건 영원의 순간/순간의 영원을 사는 것이다.

17

늘 시가 숨 쉬고, 시적 직관이 쉬지 않고 출몰하는 그런 산문을 쓰는 건 나의 오랜 희망이자 염원이었다. 때때로 시보다 더 내 피부에 와 닿는 당신의 산문에 열혈 호응했듯이 네 피부에 가 닿는 그런 산문을 쓰는 건 나의 평심이자 꿈이었다. 지금은 꿈을 깨부수어야 할 시간.

18

백지 앞에는 우군도 아군도 응원군도 없다.
언어가 언어를 비추고 끌고 가는 이상한 사태가 벌어진다.

19

사람들 앞에 나가 잘 알지도 못하는 문학에 대해 이러쿵저러쿵 떠들 바엔 개와 산책하고, 나무와 사귀고, 맥주를 마시거나 맥주도 없이 조용히 책상 앞에 앉아 있는 게 백 배 천 배 낫다.

그가 이날 이때까지 시집 발문이나 해설, 뒤표지 추천사 같은 걸 내게 부탁하지 않은 게 얼마나 고마운지 모르겠다.

이제 더는 한 줄의 글도 쓰지 못할 것 같은, 다 우려먹어서 써봐야 동어반복일 뿐인, '내 몸과 마음속 어디에 그리 많은 빛이 살았던가'란 탄식 속에, 정녕 빛이 모조리 어디론가 다 새버린 것은 아닐까란 그런 막막함에 휩싸여, 그 광대무변의 말들은 이미 누군가 해치웠고, 겨우 '말의 재활용'만이 '말의 새로움'이라는 너울 하나를 뒤집어쓴 채, 누추한 책상 위에 줄줄이 쌓여 있는 백지의 황량함처럼 옴짝달싹 못하는 날이 내게도 적지 않으니, 그럴 때면 이 여행은 시작부터 인간의 속셈을 들켜버린 것을 알고 사내는 또 한 번 자신의 무능력과 무책임에 몸서리치며 고개를 절레절레 흔들 겁니다. 그러니 내게 저 미래가 가산점 따위를 줄 리 있겠습니까. 내게 아직도 거창하게 '희망'이라는 이름을 불러내는 미래의 시간이 있다면, 그것은 아마도 이제 더는 한 줄의 새로운 말(삶)도

발명하지 못하리라는 좌절 앞에서, 허무 앞에서, 무의미 앞에서 뒷걸음질 치지 않고 '쓴다는 것은 한계를 쓴다'는 불모의 신념과 외길 수순처럼 정면으로 마주할 때뿐일 겁니다.

22

한없이 무구한 연두 이파리 눈빛과 원 없이 부드러운 나비의 날갯짓 호흡이 사월의 하루를 날개 돋게 하는구나.

23

청량리역에서 출발한 춘천행 무궁화호 기차가 성북역에 잠시 정차했을 때 철도 건너편 승강장에서 전철을 기다리고 있던 한 무리의 사람들 중에서 한 남자와 눈이 마주쳤다. 나를 보는 걸까 의아했지만 분명 우리는 눈이 마주쳤다. 물론 일면식도 없는 사람이었다. 서서히 기차가 출발하자 그 남자는 기다렸다는 듯이 나를 향해 손을 흔들었고 나 역시 그를 향해 손을 흔들자 우리는 더 여러 번 손을 흔들게 되었고 우리들 입가에 슬며시 번지던 미소는 파안대소로 확장됐다. 도대체 그날 우리들 사이에 무슨 일이 일어났던 것일까.

24

이른 아침 산책길에서 만나게 되는 대여섯 송이의 노란 달맞이 꽃으로도 일상은 빛을 두른다. 자전거 도로가 된 옛 철길 가에 흐드러지게 핀 황금빛 금계국金鷄菊이 정오의 보행을 사로잡는다. 나의 야심이란 이런 것이다. 그 길 옆 중국집 '오형제'에서 짜장 내음이 공기를 가로지르며 다가온다.

25

한 사람이 목숨을 잃었는데 마치 기계 부품 조각이나 나사 하나가 망실돼 방치되는 것쯤으로 치부하는 세상에서 우리는 살고 있다.

26

작가에게는 비판받을 권리도 있다. 근데, 왜 나는 너를 돌로 찍고 싶으냐.

27

잡문보다 흥미 없는 시들을 몇 줄 읽다 던진다.

잡문보다 매력 없는 소설을 몇 장 읽다 놓는다.

이상한 일도 아니다.

28

가장 좋은 사람은 죽은 사람이다.

이 문장을 어디서 봤더라?

29

그 날짜 일기에 다른 아무 말도 없이 '맑음'이라고 쓰는 것과 '맑았다'라고 쓰는 것은 무슨 차이가 있는 걸까. 그게 그거인가 아니면 프로기사 S명인의 말("바둑에서 반집은 땅이고 한 집은 하늘이다.")처럼 하늘과 땅만큼 차이가 나는 걸까. 일기에다 '흐림'이라고 쓰는 것과 '흐렸다'라고 쓸 때의 차이처럼 '맑음'이라고 쓰는 것과 '맑았다'라고 쓰는 것은 큰 차이를 불러일으킨다. '맑음'에는 그

날의 날씨가 적혀 있지만 '맑았다'에는 그날의 심정적 날씨까지 적혀 있다고 볼 수 있다. '맑음'에는 감정이 배제돼 있다면 '맑았다'에는 감정이 묻어 있고, 감정의 이면도 동요하고 있다고 느낀다. 나만 그런가.

30

그 문장에는 그 문장만의 심연이 있어야 했다.

31

내가 한 거짓말을 내가 보고 있듯이
내가 한 거짓말이 나를 보고 있다.
네가 거짓말할 줄 나는 몰랐다.
네가 한 거짓말이 너를 발가벗기게 될지 너는 몰랐을까.
그냥 미친 척한 걸까.

32

시간을 모셔와서라도 읽고 싶은 글들.

33

그는 이길 것이다.
사랑을 모르기에.
어쩌면 대승했다고 날뛸 것이다.
슬픔을 살 줄 모르기에.

34

공포에 밟히면서 공포를 짓밟는다.

35

과거의 악몽에 발목 잡히지 않고 미래의 환상에 젖지 않는다.
오직 지금 이 순간을 가까스로 헤엄칠 뿐이라오. 그러나 그럼에
도….

젊은 날 자취 생활을 하게 되었을 때, 그 방을 먼저 썼던 선배 C는 손수 말끔하게 도배를 해놓고 떠났다.

그는 떠났고 순간만 남았다. 지난날은 지난날을 추억하고 기억하는 지금 이 순간의 지난날이고 미래 역시 그러하리라.

지난날 내가 산 삶을 꺼내보는 것도 내키지 않는 일이지만 내가 쓴 글을 다시 보는 것은 더 내키지 않는 일이다. 내가 쓴 지난날의 글을 어떤 계기로 다시 보게 되는 순간이 있는데, 그때 받는 느낌은 대략 둘로 나뉜다. 하나는 '(휴지통에 처박았어야 함) 이런 글을 쓰고도 버젓이 발표를 하고 게다가 책으로까지 냈지'라는 뒤늦은 후회와 부끄러움이고, 다른 하나는 '(그때가 아니면 쓸 수 없는) 내가 이런 글도 썼구나' 하는 회한 같은 것이다.

39

그의 목소리가 그의 얼굴을 만든다.

어떤 시에는 시적 화자의 목소리가 들린다.

그런가 하면 어떤 시에는 혼잣말 옹알이 나열 기계들의 시끄러움만 분주하다.

찍어낸 글에는 목소리가 들리지 않는다.

40

난해는 대피소가 아니다.

난해는 피난처다.

그만큼 절박해야 한다.

41

무엇보다 말장난을 참을 수 없다.

42

몇 세기가 지났는데도 요하네스 페르메이르(1632~1675)의 그림 속 인물들의 눈에서는 지금 막 빛이 출발하고 있다. 빛이 말을 걸어온다.

43

백석이나 이용악 같은 북방 시인들의 시는 피부를 뚫고 들어온다.

44

방법이 없다.
시 쓰기에는 방법이 없다.

45

글쓰기는 첫 문장 쓰기와의 투쟁이다.

한 줄의 글도 쓸 수 없는 곳에서 열 줄의 글이 얼굴을 파묻고 있었다.

46

세상에 시로 쓰지 못할 게 따로 있다고 생각하지 않는다.

그렇다고 다 시가 되지는 않는다.

47

언어를 단련하고(중요하다) 삶의 연륜이 쌓여야만(나쁠 건 없지만) 좋은 시를 쓸 수 있다면 그건 거짓말이라기보다 하나의 사연이라고 봐야겠다. 만들어지는 시인이 있다면 어떤 시인은 세계에 비가 태어나듯이, 걷잡을 수 없이 언어의 파도가 태어나듯이, 세계가 태어나듯이 태어난다.

48

언어가 왔는데 청소기 밀고 왔더니 사라졌다. 어서 적어놓아야

지 했는데 사라지고 말았다. 한 번 왔다 가버리면 다시 돌아오지 않는 사람처럼 어떤 문장은 다시 돌아오지 않는다. 양치질하는 와중에 근사한 문장이 떠올라 어서 적어야지 하는데 막상 양치질 끝난 후엔 그 문장이 떠오르지 않았다. 비슷한 구절은커녕 무슨 문장이었는지 까마득했다. 시의 언어와 말은 내 의지 너머에서 돌이킬 수 없이 솟아오른다. 현실과 일상을 찢고 도약한다.

49

문학은 지금까지 있었던 문학에 대한 절망이다.

50

성적 욕망에 필적하는, 어쩌면 그보다 더 힘이 센 시적 욕망의 나라에서 나도 말 많은 어느 날의 내가 싫었다.

51

나는 광신도나 열광적인 지지자가 되기엔 애시 당초 글러먹은 인간이며 우두머리나 유능한 참모가 되기에도 한참 글러먹은 인간이다. 신이든 절대자든 권력자든 부자든 그들에게 비위를 맞추거나 머리 조아리는 일이 너무나 싫었을 뿐만 아니라 반발감이 극심했기 때문이다. 누군가를 지배하는 일도 체질에 맞지 않는 짓거리지만 누군가에게 지배당하는 일은 더욱 못 견딜 짓거리다. 요약하자면 나는 굶어죽기 딱 좋은 인간이었다는 말이다.

52

인간의 숙적은 인간이다.
인간은 인간의 숙제다.

53

땅에 기대고 하늘을 덮고 살지언정 기댈 데가 없어서 신이나 종교에 기댄단 말인가. 나 같은 사람에게 종교나 신앙은 백해무익하다. 내 삶과 목숨보다 더 소중한 신앙도 믿음도 그 무엇도 이 세상에는 존재하지 않는다. 그것보다 우선시하려는 종교나 가치가 있다고 선전 선동하면 가차 없이 내다버려야 한다. 어떤 투철한 신념도 논리도 이성도 이념도 생활 앞에서는 한낱 우스개 말장난에 불과하다.

54

성당 옆 감나무 밑 자그마한 의자 위가 더 성당 같고
절간보다 절간까지 가는 오솔길이 더 절간 같고.

55

아무리 감나무의 아름다움을 말해도 밤나무는 밤나무의 삶이 있다.

56

내가 밭을 일구고 거름을 주고 직접 기른 고추나 가지 토마토 같은 걸 수확해 먹는 기쁨은 삶의 여러 기쁨 중 으뜸가는 기쁨 이다.

57

마을 옆 두툼한 소나무 숲으로 비가, 빗방울이 떨어진다. 가늘게 촘촘하게 떨어진다. 솔잎처럼 빗방울이 세세하다. 이런 날 그의 가슴은 스펀지가 된다. 숲에 내리는 비보다 그의 가슴속 적요寂寥가 먼저 젖기 때문이다.

58

어느 날의 시는 그 무엇도 아닌 내가 있는 곳을 사랑하는 노래였다.

59

이 오솔길은 수천 갈래 오솔길을 태어나게 하고 지금은 낙엽 아래 조용히 묻혀 있다. 수백 년간 사람이 밟고 지나간 흔적 또한 고요히 깔려 있다.

60

이 삶과 세계에 시적 순간이 아닌 순간이 없다. 다만 늘 그렇게 감각하거나 인식하지 못할 뿐, 매 순간/모든 순간이 시적 순간이다. 고통하는 인간의 그렇게 말할 수밖에 없는 말이 오늘밤 시다. 불현듯 말이 침묵의 앞날을 비추는 사태가 일어난다.

61

그가 세상 뜬 지 삼십 년이 흘렀다. 그동안 나는 대개 그를 잊고 살았고, 아주 가끔 그가 생각났고, 더 아주 가끔 그를 생각했다. 그를 생각할 때 그가 생전에 쓴 시와 함께 생각할 수밖에 없었다. 그를 잊고 살 때 그만 잊은 게 아니고, 그의 목소리와 눈빛도 잊었고, 그의 시도 잊고 살았다. 사람이든 세상이든 살아서 잊히는 것도 일종의 죽음인데 죽어서 잊히는 것은 말해 뭐하겠는가. (내게) 잊혔다고 다 없어지는 것은 아닐 것이다. 그는 시를 남겨두고 갔으며 그의 시를 누군가 기억하는 한 그는 죽지 않을 것이다. 그는 생물학적으로 죽고 난 후 나 같은 사람에게 잊혔으며 기억과 추억에 의해 불현듯 살아나기도 했다. 그는 시인이었고 토씨의 불을 밝히

려 했고, 토씨 하나의 만남을 함부로 하지 않으려 했지만 그의 등
대는 불이 꺼졌다.

62

사람들이 하나 둘 세상 뜬다.

— "네가 여기에 없구나."
— "그가 여기에 없구나."
— "이제 더는 너를 볼 수가 없구나."
— "이제 더는 그 사람을 대면할 수가 없구나."
— "그 사람 몸이 여기에 없구나."

63

이 사람에겐 사는 일이 전부여서 어느 빛 좋고 바람 맑은 가을
한날 오후, 시간의 얼굴을 오려 남아 있는 생애를 들여다봤다.

64

타지에 계시던 어머니는 눈 속에 파묻힌 별이었다.

65

어린 시절, 할머니가 아니라 어머니하고 같이 살았다면 어떤 인간이 나에게 더해졌을까. 화사한 봄날의 부드러운 대기 속을 어떤 가식도 없이 고요히 유영하는 배추흰나비 같았던 엄마.

66

기억은 휴화산. 언제 활화산이 될지 모른다. 시간의 지층 속에 묻혀 사라졌다고 해도 그만일 기억이 어느 날 갑자기 솟구쳐 오르거나 마치 침입자처럼 쳐들어오기라도 하듯 삶의 현전으로 들이닥친다. 기억은 생물이다. 어느 한날, 오십여 년 만에 급작스레 떠올라온 기억에는 이런 게 있다. 백 원어치 기름을 받아오라고 어머님이 심부름을 시켰는데 구십 원어치만 사고 나머지 십 원으로 풀빵을 사 먹었던 기억. 아들이 거짓말하는 줄도 모르고(어쩌면 알

앉을 수도) "기름이 적다"며 언짢아했다. 기억은, 기억하는 순간 지금 이 순간의 삶으로 뛰어든다.

67

내가 어제의 나와 가까스로 헤어지고 남아 있는 날들을 코끼리가 걸어가듯이 걸어간다.

68

그리 나쁘지 않은 생의 오후, 다시 사람으로 태어나고 싶다는 사람과 살고 있고, 다시는 인간으로 태어나지 않겠다는 사람과도 살고 있다.

69

과거가 어찌되었든, 미래가 어찌되든 삶은 언제나 지금부터였다.
아무리 저 무한 천공의 심연과 우주를 상상으로 활보해도 우리는 땅의 향기에 발 대고 살아간다.

70

석양의 향기.

71

이 세상 그 어디에다가도 둘 데 없는 쓸쓸함을 안고 빈 방으로 퇴근해요.

지쳐서 잠들 수 있기에 내일 출근해요.

그리고 또 하루를 살아요.

그 밤에 나는 이곳으로 왔다.

이곳에서 삶이 무엇을 할 수 있다고 생각하지 않았다.

단지 어둔 밤 속에 파묻혀 빈 방의 쓸쓸함을 껴안을 뿐.

72

벌써 이 세상 사람이 아닌 사람들 생각이 불쑥불쑥 현재의 장막을 뚫고 새싹처럼 올라오는 순간이 있다. 그 사람들 중에는 폭

군이 있고, 정치가와 소설가도 있고, 대학교수와 학교 선배도 있다. 시인도 있고 여인도 있다. 그 사람들 중에는 자살한 사람도 있고, '참 지지리도 오래 사는구나' 싶은 인간도 있다. 하여간 그들은 지금 여기에 없다. 나는 그들의 몸을 껴안을 수도 처단할 수도 없다. 그들의 몸이 이곳에 없다.

73

돌이킬 수 없이 써진 한 편의 시가 삶이라면.
그 말을 그렇게 쓸 수밖에 없는 사람이 시인이라면.

비애에 뒤덮이고 분노에 파묻히는 대신 시와 함께 간다.

74

유한을 살 거라. 그게 영원이다.

삶에는 무슨 일이 일어날지 모른다.

달아실에서 펴낸 박용하의 책들

26세를 위한 여섯 개의 묵시(2022)

이 격렬한 유한 속에서(2022)

저녁의 마음가짐(2023)

동시집 『여기서부터 있는 아름다움』(2023)

박용하 산문집

위대한 평범

1판 1쇄 발행	2024년 2월 16일
지은이	박용하
발행인	윤미소
발행처	(주)달아실출판사
책임편집	박제영
디자인	전부다
법률자문	김용진, 이종진
주소	강원도 춘천시 춘천로 257, 2층
전화	033-241-7661
팩스	033-241-7662
이메일	dalasilmoongo@naver.com
출판등록	2016년 12월 30일 제494호

ⓒ 박용하, 2024

ISBN 979-11-7207-003-8 03810